「きみを諦めることはできない」と天敵エリート心臓外科医が執着溺愛してきます

～身を引いてママになったのに、注がれる熱情に抗えません～

m a r m a l a d e b u n k o

沖田弥子

マーマレード文庫

目次

「きみを諦めることはできない」と天敵エリート心臓外科医が執着溺愛してきます
〜身を引いてママになったのに、注がれる熱情に抗えません〜

「きみを諦めることはできない」と天敵エリート心臓外科医が執着溺愛してきます

～身を引いてママになったのに、注がれる熱情に抗えません～

第一章　憧れの天敵ドクター

病室には穏やかな朝陽《あさひ》が射《さ》し込んでいる。

純白の看護師服をまとった倉木知香《くらきともか》は、患者から体温計を受け取った。

体温計は平熱を指している。それを確認した知香の顔に笑みが浮かんだ。

「三十六度六分です。金井《かない》さん、熱が下がってよかったですね」

「寝たら治ったよ。これならもう退院できるんじゃないか？」

「早く退院できたらいいですね。主治医の氷室《ひむろ》先生に聞いてみますね」

手術を終えて一週間が経過した金井は、知香の返事に笑顔で頷《うなず》く。

朝のバイタルサイン測定は看護師の大切な仕事のひとつだ。

外科病棟に入院している患者のバイタル及び顔色などの健康状態を、ナーシングワゴンを押しながら確認していく。

知香は、ここ神無崎《かんなざき》中央総合病院に勤務して五年目になる看護師だ。

大きな目に溌剌《はつらつ》とした笑顔が特徴的で、焦茶色の髪は、仕事のときはシニヨンにしてまとめている。身長は百五十八センチあるので決して小さいわけではないのだが、童顔のためか二十六歳という年齢より若く見られるのが目下の悩みだ。

子どもの頃は、まさか自分が医療従事者の道を歩むことになるなんて思ってもみなかった。

だけど、とある縁があり、看護学校を卒業してから外科病棟の看護師として勤め、日々奮闘している。

白衣の天使といえば聞こえはいいのだが、病棟の看護師は夜勤もあるし、患者の急変や点滴の自己抜去《ばっきょ》など不測の事態に対応しなければならず、責任を伴う激務だ。

大変な仕事だけれど、知香はやりがいを感じていた。

外科病棟は手術のために入院する患者が多いが、彼らが術後に回復して笑顔が戻り、退院を見送るのは感激もひとしおである。

金井さんはすごく元気になったよね……。緊急入院だったから心配してたけど、本当によかった！

ところが、そんな知香の希望を遮るかのように、視界の端に白衣が映る。

「金井さん、おはようございます。具合はどうですか？」

長い脚を繰り出して病室に顔を覗《のぞ》かせたのは、医師の氷室理人《りひと》だ。

切れ上がった眦《まなじり》に、すっと通った鼻梁《びりょう》、薄い唇は形が整っている。きめ細やかな肌を持つ彼の美貌は細い月のごとく怜悧《れいり》なのに、儚《はかな》さを感じさせない。鋭い眼差《まなざ》しとシャープな顎のラインが雄々しさを滲《にじ》ませていた。

心臓血管外科の専門医である氷室は、金井の主治医であり、執刀《しっとう》した医師でもある。三十一歳という若さで数々の手術を執刀した氷室は、その端整な面立ちも加わり、『氷の貴公子』という異名がある。もちろん院内だけのあだ名ではあるが、看護師たちの間では絶大な人気を誇っていた。

だが、知香はそんな氷室が苦手である。

ナーシングワゴンの隣に立った氷室に、金井は意気込んで言った。

「先生、熱が下がったんだ！　おれはもう退院できるよな？」

「顔色もいいですね。予定では、あと三日です。点滴が終わってから退院を早められるか判断しましょう」

「やった！」

金井は嬉《うれ》しそうに手を叩《たた》いた。会社の管理職だという彼は仕事のことを気にしていたので、一日も早く復帰したいのだろう。

だが、そんな金井の喜びに水を差すように、隣のベッドの遠藤《えんどう》が文句を言った。

「先生、こっちはいつ退院できるんだ？　いつまでもこんなところにいたら、また病気になるぞ。責任取ってくれるのか？」

氷室はさらりと身を翻し、隣のベッドの傍《そば》に移動する。

麗しい微笑《ほほえ》みは、まさに貴公子と謳《うた》われるのにふさわしい。

この病室には中年男性の患者しかいないが、女性の患者はみんなキラキラした目で氷室を見つめるのだ。

「まずは安静が必要です。釈迦郡《しゃかごおり》先生にも確認しておきましょう」

甘さを含んだ低い声音で氷室がそう言うと、遠藤は渋々頷く。

落ち着いたトーンの美声は男性をも説得させてしまう魅力がある。

だが、彼の正体を知っている知香は、こっそり頬《ほお》を引きつらせた。

みんなこの綺麗《きれい》な顔と美声に騙《だま》されてるんだよね……。

優しくて穏やかな氷室は、患者からも人気がある。それは医師として素晴らしいことだ。

すべてを暴露してしまいたいと思う衝動を抑え、知香は遠藤に言った。

「遠藤さん、私からも釈迦郡先生にお願いしておきますね」

「ああ、頼むよ。看護師さん」

遠藤は十二指腸潰瘍《じゅうにしちょうかいよう》の手術を終えて退院したあと、胸の痛みを訴えて再入院している。精密検査を予定しているので、まだ退院の許可は下りていない。本人はもう治ったと思っているのに退院できないから、焦りや苛立《いらだ》ちが募っているのだ。

氷室とともに病室を出た知香は、スタッフステーションへ戻る。

神無崎中央総合病院の病棟は、各階が東棟と西棟に分かれており、中央にスタッフステーションが配置されている。

すると、それまで穏やかだった氷室から、すうっと笑みが消えた。

「倉木、余計なことを言うな」

突然冷淡な声音に豹変《ひょうへん》した彼に、知香はぎこちない笑みで対応する。

「余計なこととは……なんでしょうか、氷室先生？」

「遠藤さんは精密検査が必要だ。その結果によっては入院が長引く可能性もある。それなのに医師に頼めば退院できるかのような誤解を患者に与えるな」

淡々と述べられる台詞《せりふ》には、注意という名の毒が含まれている。

氷室は患者の前では優しいのに、裏では冷徹なのだ。

ぐさりと指摘され、知香は怯《ひる》みそうになるが、気力を振り絞って反論する。

「精密検査があるのは知ってますけど、患者さんに落ち着いて過ごしてもらうためのサポートは必要じゃありませんか」

「サポートは必要だ。倉木はそれが余計な一言になっていると俺は指摘している」

「余計な一言ってなんですか。私は遠藤さんに希望を持ってほしいから、釈迦郡先生にお願いしてみますって、ごく当たり前のことを言っただけです」

「聞くまでもない。退院の許可は下りない。患者を落胆させるだけだから余計なことを言うな」

氷室は頑として譲らない。

前を向いて颯爽《さっそう》と歩く彼の少し後ろを、ナーシングワゴンを押しながら知香はついていく。

小声で応酬を交わしていると、スタッフステーションに着いてしまった。

このままでは永久に話が終わらないと承知しているので、仕方なく知香は折れる。

「……余計なことを言ってすみませんでした」

「わかればいい」

端的に告げた氷室は踵《きびす》を返すと、スタッフステーションには寄らずにほかの病室へ向かった。

どうやら知香を説得するためだけに、ここまでついてきたらしい。

ほんと、執念深いんだから！

辟易《へきえき》した知香は氷室の背中を半眼《はんがん》で睨《にら》む。

いつも氷室はこの調子なのである。知香にとって、彼は天敵といえる相手だった。

「あのときに憧れたのは勘違いだったのね……」

ぼそりとつぶやいた知香は溜息《ためいき》をつきながら、ナーシングワゴンを押す。

実は知香が看護師を志したきっかけは、氷室に出会ったからだった。

高校生のとき、進路をどうするかという選択で迷った知香は、看護師と栄養士とファッションデザイナーをあみだくじで決めた末に看護学校に入学した。振り返ってみると、その決め方はどうなのかと自分でも思うが、あのときは運が味方してくれると信じたのだ。

だけど、いざ専門的な勉強を始めると、自分が看護師になるというイメージが湧かず、ただ与えられた課題や実習をこなすだけの日々だった。

本当に看護師になっていいのだろうかと悩んでいたとき、突然の腹痛に襲われた。あまりの痛みに救急車を呼び、神無崎中央総合病院に搬送された。

そこで担当してくれたのが、医師の氷室だった。

血液検査では異常が見られなかったが、氷室は単なる腹痛と判断せず、CT検査を要請した。そうして虫垂《ちゅうすい》の炎症が発見されて、緊急手術という流れになったのだった。

手術は無事に成功し、執刀医の氷室に知香は礼を述べた。

もし急性虫垂炎とわからずに帰宅を促されていたら、もっと大変な事態に陥っていたかもしれない。氷室の迅速かつ正確な判断のおかげで、知香はすぐに病名がわかり、手術に至ることができたのだ。

優しい笑顔で体を心配してくれる氷室に、知香は感激した。

自分も、誰かを救える看護師になりたい。

そう思った知香は退院して回復したあと、懸命に勉強に励んだ。国家試験に合格して看護学校を卒業し、神無崎中央総合病院に就職した。

また、氷室先生に会えるかもしれない……！

その期待を込めて新人看護師になった知香は、外科病棟に配属された。

そこで憧れの氷室に再会できたときの喜びは計り知れなかった。

知香は思いの丈を込めて挨拶した。

『お久しぶりです、氷室先生！　一年前に入院したときはお世話になりました。急性虫垂炎になったとき、氷室先生に手術してもらったので、先生は私の恩人です』

今後は同じ病院の看護師として、氷室先生をサポートできたら嬉しいです……と、続けようとした知香を、氷室は胡乱《うろん》な目で見やる。

『だから、なんだ？』

そう言われた瞬間、笑顔のままの知香は固まった。

あの優しかった氷室はどこにもいなかった。彼は知香のことを覚えているのかいないのかというより、興味すらないようだ。

華麗に白衣を翻して去っていく氷室の後ろ姿を、ぽつんと佇《たたず》んだまま知香は見送った。

病院勤務一日目にして、憧れが儚く散った。

医師としての氷室の優しさは、まぼろしだった。

憧れは粉々になったものの、それから知香は仕事に励んだ。外科病棟勤務のため外科医である氷室とも話す機会は多いのだが、彼は勤務初日の印象どおりの冷淡さを発揮させた。

知香の仕事ぶりに対して冷徹に指摘するのは日常茶飯事で、ほかの看護師や医師へも辛辣である。しかも知香にだけ特に厳しい気がする。彼が素晴らしいのは手術の腕前と顔だけ。性格は最悪だ。

もはや氷室は知香にとって、天敵というポジションに格上げされていた。

否《いな》、地の底まで堕《お》ちたというべきか。

患者に対しては優しいけれど、同僚に対しては冷徹で、二面性を持っているのが氷室理人というドクターだ。

溜息をついた知香は、ナーシングワゴンを片付ける。

「憧れの人は憧れのままにして近づかないほうが、幸せだってことだよね……」

すぐにナースコールが鳴ったので対応する。そのあとは点滴の交換をして、忙しく立ち回った。

午前のカンファレンスが終わると、スタッフステーションに医師の釈迦郡が顔を出す。

「やあ、倉木さん。なんだか落ち込んでるみたいに見えるけど、なにかあったの？」

「えっ、なにもありませんよ。そういえば疲れてるかも」

頬に手を当てた知香は意識して笑みを浮かべる。

氷室に注意されたことが顔に出ているのかもしれないが、落ち込んではいなかった。

消化器内科の釈迦郡亮平《りょうへい》は、氷室より二歳年下の医師である。

冷たい氷室とは違い、いつも笑顔を見せてくれて、看護師たちにも親切に接する。

彫りの深い顔立ちはまごうことなきイケメンなのに、独身の上、恋人はいないらしい。

それゆえ独身の看護師や薬剤師、理学療法士など病院に勤務するあらゆる女性たちが釈迦郡の妻の座を狙っているという。

ちなみに氷室もイケメンで独身、恋人がいないそうなので条件は同じだ。

そのため院内ではふたりの医師は『双璧の貴公子』と謳われており、看護師の間では「どちらと付き合うか」というお題の活発な意見が平和な夜勤のときなどに交わされている。

知香はそういった話には参加せず、いつも黙々とスタッフステーションのデスクで看護記録を作成している。

氷室の裏の顔を思い浮かべたら、いくら格好よくても、とても付き合うなんて想像ができないからだ。

あっ、そういえば……遠藤さんの退院について釈迦郡先生に確認しないと。

先ほど氷室から言われたことを思い出した知香は、はっとなる。

氷室は余計なことを言うなと釘を刺したが、遠藤のことを考えたら約束を流すわけにはいかない。

「そうだ、釈迦郡先生の担当の遠藤さんなんですけど……」

「ああ、見てきたよ。予後《よご》は良好だけど、明後日《あさって》に心電図の検査を入れてあるよ」

「そうですか。遠藤さんは早く退院したがっているんですけど、どうでしょう？」

「うーん。検査の結果次第だな。氷室先生が疑っているみたいだね」

釈迦郡は自らの胸を指差した。

遠藤の心臓に重篤な疾患があるのではないかと、氷室が疑っているということなのだ。そもそも遠藤は十二指腸潰瘍を手術した流れで、消化器内科の釈迦郡が担当したわけだが、それとは別に検査によって新たな疾患が見つかるということもある。

CT検査では異常が見られず、本人の状態も良好なので、ほぼ退院の見込みだ。

だけど氷室が精密検査を要請しているのだろう。

「わかりました。遠藤さんを元気づけておきますね」

「よろしく。倉木さんはいつも前向きだから助かるよ」

爽やかな笑みを残して医局に戻る釈迦郡を見送る。

氷室先生も、あのくらい優しくて気遣いがあったらいいのにね……。

そう思った知香は、なぜここにいない氷室について考えなくてはいけないのかと気づき、冷淡な氷室の顔を頭から追い払う。

その後、遠藤の病室へ行った知香は、釈迦郡に言われたことを伝えた。

すでに主治医から精密検査があることを聞いているわけなので、ベッドに仰臥《ぎょうが》した遠藤は仏頂面で頷いた。

「検査してなにもなければすぐに退院できますから、頑張りましょうね」

「あぁ……なにもないだろうけどな……」

なんらかの不安があるのだろうか。心臓の精密検査には心エコー検査などがあるが、まったく痛みを感じないものばかりだ。

内心で首を傾《かし》げた知香は訊《たず》ねる。

「なにか心配なことはあります？」

「なんにもねえよ」

言い捨てた遠藤は顔を背けて布団に包《くる》まる。

ひとまず検査結果が出ないことには退院の許可が下りない。

「気になることがあったら言ってくださいね」

そう声をかけたが、遠藤の返事はない。

隣の金井が退院を控えているので、点滴を気にしていた。

「看護師さん、これ終わったんじゃない？」

「もうちょっとですね」

隣のベッドへ移動して点滴を確認したあと、スタッフステーションへ戻ろうとする。

だが、通りかかった相談室のドアが少し開いているのが目に入った。知香が閉めようと手を伸ばしたとき、聞き覚えのある声が耳に届く。

「そうじゃない。何度言ったらわかるんだ」

氷室だ。

苛立ちを感じさせる口調ではないのだけれど、低い声で淡々と述べるので、相手は萎縮してしまう。

「申し訳ありません、氷室先生……」

泣きそうな声を出しているのは新人看護師の佐久間藍《さくまあい》だ。すらりとした高身長でマッシュルームカットが似合っている美人。彼女はとても一生懸命だが、まだ一年目なのでわからないことも多い。それに佐久間はほかの新人看護師に比べるとミスが多く、指摘を受けることが度々あった。

そんな佐久間にも、氷室は冷徹に述べる。

「呼び出す患者を間違えるとは看護師として致命的だ。きみの単純なミスが重大な事態に発展しかねないということを考えろ」

「すみませんでした……」

どうやら相談室に呼び出す患者を佐久間が間違えたことが発端らしい。今後の治療の方針などを医師が患者と家族に相談室で説明するのだが、その患者を間違えるというのは確かに初歩的なミスだった。

だからといって、佐久間が無能であるかのような烙印《らくいん》を押してしまうのはどうなのか。

「もういい。きみは患者の顔を見ていないから名前もわからないということだ」

佐久間はなにも言い返さなかった。

あんまりな言い方ではないか。佐久間を指導しているのは知香なので、彼女をフォローするのも自分の仕事だ。

知香が部屋に踏み込もうとしたそのとき、ドアが開く。

「あっ」

つい飛び退《の》いてしまった知香を、氷室は眉をひそめて見やる。

佐久間が彼の後ろから出てきたが、顔をうつむかせたまま小走りで行ってしまった。

彼女を追いかけようとした知香だが、その前に氷室に向き直る。

背の高い氷室を見上げ、懸命に険しい顔を作った。

「氷室先生、あそこまで言うことないんじゃありませんか？　あれじゃあ、佐久間さんだって緊張して益々《ますます》ミスしちゃいますよ」

「盗み聞きの上に説教か。倉木はよほど暇なんだな」

「たまたま通りかかったんです。佐久間さんは一年目なのに、氷室先生は辛辣すぎます。もっと温かく接したらどうなんですか」

知香は氷室からいくらきついことを言われても平気だが、佐久間のような新人にまで同じように辛辣なのはどうなのか。あんなふうに指摘されたら、いっそう萎縮してしまうだろうし、最悪の場合は思い詰めて看護師の道を早々に諦めてしまうかもしれない。院内の円滑な人間関係のためにも、氷室にあらためてほしかった。

しかし彼は、フッと馬鹿にしたように小さな息を吐くと、白衣を翻す。そのまま長い脚を繰り出して廊下を歩いていった。

無視するなんてひどすぎる。というか氷室が傲慢なのは日常ではあるが。

納得のいかない知香は彼の後ろをついていった。

「氷室先生、聞いてます？　毎日スタッフとは顔を合わせるんですから、言い方って大事じゃないですか。人間関係って少しずつ信頼を積み重ねていかないと……」

そのとき、ぴたりと氷室が歩みを止めたので、思いがけず白衣の背中に顔を突っ込んでしまう。

「ぶっ……し、失礼しました」

ぶつけた鼻を押さえていると、背の高い氷室がこちらを振り返った。

百八十センチを超える長身で見下ろされる。

氷室の怜悧な眼差しが突き刺さった。

だけど知香は臆することなく、唇を引き結んで彼を見返す。

鳶《とび》色の綺麗な瞳は吸い込まれそうなほど透き通っている。彼の眼差しが、まっすぐに注がれて、心の奥がどきんと弾んだ。

だが彼の形のよい唇から紡がれたのは、いつもどおりの傲岸《ごうがん》な一言だった。

「うるさい。俺の方針に逆らうな」

あまりにも俺様で傲慢な言葉に、知香は呆然《ぼうぜん》とする。

そんな知香をみすぼらしい雛《ひな》を見るかのように一瞥《いちべつ》した氷室は踵を返した。

去っていく白衣の背中を、何度唖然《あぜん》としながら眺めたことか。

やっぱりひどい……私が入院したときに見せてくれた笑顔は作り物だったのね……。

恐るべし二面性である。

この冷酷で傲慢な性分が氷室の本性なのだ。

同僚の看護師たちからは人気があるけれど、いくらイケメンとはいえ、こんな男に恋するなんて間違ってもありえない。

「ない……絶対ないよ……」

廊下に佇みながら小さな声でつぶやく。
見つめられて胸がときめきかけたけれど、あれは気のせいだ。そうに違いない。
何度も頷いた知香は溜息をこぼした。

第二章　氷の貴公子からのご褒美

金井の退院を見送ると、すぐにベッドメイキングに入る。

外科病棟は手術を行う患者が多いため、入退院が頻繁という特徴がある。そのため患者の入れ替わりが激しく、病棟の看護師は毎日のように入退院に対処していた。

今日の知香は夜勤のため、すでに院内は落ち着いていた。

夕食を終えて消灯の時間になると、病棟は静かになる。

スタッフステーションのデスクで看護記録を作成していた知香は、そっと溜息をつく。

遠藤さんの退院は未定かぁ……。

精密検査は終了したものの、氷室は退院を認めなかった。心電図に異常が見られるという理由からだ。

ただ遠藤の様子は落ち着いていて、入院するときに訴えていた胸の痛みは治まったと言っている。彼はナースコールを一度も鳴らさなかった。術後は良好なので問題ないと釈迦郡は判断している。

早く退院させてあげたいけれど、氷室は一体なにに引っかかっているのだろうか。緊急性がないのなら退院させてから通院するという流れになるのではないか。

そんなふうに考えながら、黙々とパソコンのキーを叩く。

そのとき、スタッフステーションにいた看護師たちがお喋《しゃべ》りを始めた。

「ねえ、氷室先生って、独身で彼女もいないでしょ？　それって決定的な理由があるからなんだって」

「えーなになに？　知りたい！」

氷室の名前が出たので、思わず知香の手が止まる。いつもは噂話《うわさばなし》を聞かないように努めるのだけれど、直前に氷室のことを考えていたためか、気になった。

確かに職業が医師で、しかもイケメンなら、とっくに結婚していてもおかしくない。氷室から結婚観や恋愛についてのプライベートな話を聞いたことは一切ないが、独身なのはなんらかの特別な理由があったのだろうか。

すると、声をひそめた彼女は言った。

「勃たないらしいよ？」

「えっ、そうなの!?　まさか、見たの？」

「見てないけどね。外来の看護師が噂してたのよ」

「それって……あっ、ちょっと、院内でそういう話はまずいんじゃない？」

彼女たちは口を噤《つぐ》み、そそくさと作業に戻った。

それって……と、そのあとに続く言葉が知香の脳裏に思い浮かぶ。

氷室先生は、ＥＤ……勃起《ぼっき》不全ってこと？

ＥＤは治療が必要な病気のひとつであり、外来は泌尿器科になる。

つまり勃たないので、セックスができないから、氷室はパートナーをあえて作らない……ということらしい。

あくまでも噂らしいが、言われてみると理由としては通りそうだ。外見だけでは勃起不全かどうかはまったく判断できないため、本人が申告するか、もしくはセックスに至ろうとした人しかそうとはわからない。

もしかして、氷室とそういう関係になった看護師がいたのだろうか。

実は以前、看護師に告白された氷室がすげなく断っている場面に遭遇したことがあるのだけれど、告白してくる人をみんな断っているのだろうなと思っていた。

冷たい人は誰にも心を許さないものなのだと、妙に納得していたのだが。

そわそわしていると、隣に座っていた看護師が知香に声をかけてきた。

「倉木さんは、その噂は知ってた？」

「えっ……と、知りませんでしたけど……まさかぁって思いますよね」

頬を引きつらせた知香は辿々《たどたど》しく答えた。

スタッフステーションにはパーテーションなどないため、開放的な空間である。噂話をされてしまうとすべてが耳に入るので、困ることもよくあるのだが、氷室の話題だからなおさら困惑した。

ＥＤ……まさかね。

なぜか知香は動揺したが、本人に確かめるわけにもいかない。それに、本当に氷室がＥＤだったとしても、知香にはなんの関係もない。

どういった理由があったとしても、彼が結婚するかしないか、誰と付き合うかどうかなんて、知香が踏み込むことではないのだ。

どうして氷室のことでこんなに心を揺さぶられなくてはならないのか。

氷室が独身で恋人もいないのは、きっと冷たい性格のせいだろう。そうに違いない。

そう片付けた知香は、再びキーを打ち始める。

だが沈黙に物足りなさを感じるのか、彼女たちは再び口を開く。

「釈迦郡先生も独身で恋人いないんだよね。すっごい理想が高そう」

「わかる。わたしは釈迦郡先生のほうがタイプだな」

知香はこっそり心の中で頷く。

どう考えても愛想《あいそ》のよい釈迦郡のほうが、交際しても結婚しても楽しそうだ。

「あはは、ムリムリ。『双璧の貴公子』だもん。どっちも落とせないよね」

「ふたりに告白してる看護師って、けっこういるけどね。何人見たかなぁ」

やはり『双璧の貴公子』と名高いふたりの医師はかなり告白されているらしい。

知香が見たのは、その一片《いっぺん》というわけだ。

あのときは「興味ない」だとか、そういう台詞だった。階段の踊り場近くを通りかかった知香は慌てて引き返したものだ。

でも、氷室先生がきっぱり断ってるのを見たとき、安心したんだよね……。

どうして自分は、ほっとしたのだろう。氷室がひどいことを言っているのを耳にしたら、いつも辟易しているはずなのに。

きっと、まだ昔の憧れが頭の中に一片ほど残っていて、幻影だとわかっているのに完全に消えていないから、そんなふうに思ってしまったのかもしれない。

どうにも氷室の顔が脳裏にちらつき、知香は溜息をこぼした。

数日後、日勤のときに知香を含めた医療従事者たち数名は、とある一室に集まっていた。

「――というわけで、遠藤哲治郎《てつじろう》さんの狭心症《きょうしんしょう》及びその手術に対応するためのチームを組ませてもらうことになった」

淡々と告げるのは、遠藤の主治医となった氷室である。

精密検査を受けた遠藤は、冠動脈《かんどうみゃく》疾患による狭心症と判断されたため、早期の手術が必要になった。

ただ本人は納得していないようで、まだ手術の同意が取れていない。

そのため氷室が特別なチームを編成して患者の対応にあたるということになった。

知香の隣にいる佐久間は完全に萎縮していて、顔をうつむかせている。先日のことを考えたら当然であるが、仕事なので佐久間としても無論断れない。

男性のオペ看護師が、書類を確認しながら質問した。

「ご本人の手術の同意は取れていないんですよね？」

「取れていない。俺と佐久間が一度説明しているが、手術をしたくないという本人の意思は固い」

氷室は明瞭に返す。

患者から手術の同意が取れないと、手術日も決まらない。

そうするとオペ担当の看護師としては手が出せないことになる。

「緊急性は高いんでしょうか？」

突然倒れて緊急手術の事態になる可能性は高いのかという意味だ。緊急のときは一刻を争うが、その可能性が低いのならば、この患者に重点を置かなくてもよいと彼は思っているのだろう。

氷室は冷徹な眼差しを彼に向ける。

「愚問だ。常にその可能性は考慮しなければならない。きみは緊急性が低いと俺が言ったなら、手を抜くのか？」

室内に気まずい空気が広がる。

氷室の冷酷な言い方に、みんなは表情を固まらせた。

いつものことではあるが、辛辣すぎる。

オペ看の男性は目を伏せる。

「申し訳ありませんでした」

彼だって手を抜きたいがために訊ねたわけではないだろう。複数の患者を担当しているため、できる限り詳しいスケジュールを立てたいと思うのは当然だ。

呆《あき》れた知香は氷室に言った。

「手術の同意が取れたなら、手術日が決められますよね。そうしたら、すべてが解決するのではないでしょうか」

氷室は形のよい眉をひそめた。

緊張を滲ませた一同が、知香と氷室を交互に見やる。

医師である氷室に盾突くようなことを言うなんて、よくないことかもしれない。氷室との言い合いを、やんわりと看護師長に諫《いさ》められたこともある。

でも、言わずにはいられなかった。

傲慢な氷室が舵《かじ》を取ったら、チームメンバーは萎縮したまま仕事をこなすことになる。それでは患者のためにならないのではないか。チームが結束するためにも、穏便に進めてほしかった。

対峙《たいじ》したふたりはまっすぐに見つめ合う。

しん、と室内には沈黙が流れた。

氷室に言い返せるのは知香だけである。周りからも「言ってやれ」という空気があるような気がする。

やがて氷室が口を開く。

「そうだな。手術の同意書さえあれば、この議論は必要ない。倉木が遠藤さんを説得してくれ」

「えっ」

「もちろん俺も同席する。倉木だけに任せるのは無理があるからな。それから佐久間も来い」

そう言った氷室は身を翻して、扉へ向かう。

今すぐに遠藤を説得しに行くらしい。

手術を勧めるのは医師が病状の説明をしたときに行うわけなので、本来は看護師の仕事ではないのだが、知香の発言によりその役目を任されてしまった。

チームメンバーの視線が知香に注がれ、みんなは「どうぞ」とばかりにてのひらを出して促している。

頬を引きつらせた知香は氷室のあとに続いて部屋を出た。

そのあとから、うつむいた佐久間がついてくる。

大変なことになってしまった。

でも、やるしかない。これもチームのため、ひいては患者である遠藤のためなのだから。

勇気を奮い立たせた知香は、長いストロークで歩く氷室のあとを追いかける。

外科病棟に戻ってきた三人は、遠藤の病室に入った。

午後の病室には、ぬるい陽射《ひざ》しが窓からこぼれている。四人部屋だが、現在は遠藤しか患者がおらず、ほかの三つのベッドは空いている。退院が重なると、ままあることだ。遠藤のベッドだけカーテンが閉められていた。

「遠藤さん、失礼します」

氷室が声をかけたので、知香がカーテンを捲《めく》る。

遠藤は背を丸めて寝ていたが、はっとして振り向いた。

彼の手が胸元を押さえているのに気づいた氷室が、即座に指摘する。

「胸の痛みがありますか？」

「い、いや。ない、なんでもない！　なにか用か？」

「お話があるんですが、相談室に移動しましょうか」

「いや……行かなくていい。誰もいないんだし、ここで話してくれ」

胸から手を下ろした遠藤は緩慢に体を起こす。知香は枕の位置を移動してサポートした。

氷室は頷くと、躊躇《ちゅうちょ》なく切り込んだ。

「狭心症についてはすでに説明しましたが、すぐに冠動脈バイパス手術を受けたほうがいです」

「だからそれは断ったただろ。おれはなんともないんだ。腹を切ったばかりなのに、なんでまた切らなきゃならないんだよ。誤診だろ！」

遠藤は手術を拒否している。自覚症状がない場合は病気であることを認められず、手術を断る患者もいる。気持ちはわかるが、遠藤の狭心症はかなり深刻な状態だ。だからこそ氷室は特別チームを組んだのだ。

誤診だと罵倒されても顔色ひとつ変えない氷室は、知香の背に軽く触れる。

「今後の手術について、倉木から話があるそうです」

遠藤が不審な目をこちらに向けた。

氷室に促された知香は頬を引きつらせる。

うっ……すごく話しにくい……。

医師の氷室が病状について詳細を話した上で手術を拒否しているのに、看護師の知香が「手術しましょう」なんて言ったところで受け入れられるわけがない。

だけど、遠藤の命にかかわると考えたら、ここで引き下がれなかった。

気合いを入れた知香は、ぐっと両の拳を握りしめる。

「遠藤さんは早くお仕事に復帰したいって言ってましたよね。大工さんなんでしょ

「あぁ……そうだけど、ぽろっと言っただけなのによく覚えてるな」

「もちろんです。大工さんのお仕事を続けるためにも、今はお体のことを一番に考えるべきだと思うんです」

「結局、手術しろって言いたいんだろ？　しねえよ」

結論を先に言われてしまい、知香は笑顔のまま固まる。

隣の氷室が重い溜息をついた。

「遠藤さん。もしかして胸の痛みがあるのでは？　狭心症の胸痛《きょうつう》は数分で収まることが多いですが、体内では動脈硬化が進行しています」

「う、うるさい。痛くなんかないんだよ！」

遠藤は必死に否定している。

おそらく自覚症状があるのではないかと思われるが、認めたら手術に同意しなければならないと考えているのかもしれない。

正確に症状を知るためにも、正直に話してほしいところなのだが。

すると、それまで知香の後ろで黙っていた佐久間が、突然言った。

「遠藤さん、本当のことを言ってください。このままだと死んじゃいますよ！」

佐久間の率直すぎる発言に息を呑《の》む。

彼女もチームメンバーのひとりとして、なにか言わなくてはと思ったのかもしれないが、はっきり言い過ぎだ。

眉をひそめた氷室が佐久間を注意する。

「おい。死ぬ死ぬ言うな。看護師が患者を脅してどうする。だから自覚が足りないと何度も言ってるだろ」

「すみませんでした……。でも、死んじゃうって言ったのは一回です。氷室先生が死ぬ死ぬって二回連続でおっしゃったんです」

「ちょっとふたりとも！　死ぬ死ぬって患者さんの前で禁句ですよ。冗談でも死ぬなんて言ったらダメです」

慌ててふたりを止めた知香だが、氷室にぎろりと睨まれる。

「倉木が一番死ぬと言ってるんだよ。口を閉じろ」

「ですから……！」

三人の言い争いに、顔を真っ赤にした遠藤が一喝する。

「おまえら、出てけ！」

怒鳴り声が病室に響き渡る。

説得は完全に失敗に終わってしまった。

口を閉ざした三人は、無言で病室を出る。退散するしかない。

どうしてこうなったんだろう……。

肩を落とし、とぼとぼと廊下を歩く知香は溜息をつく。

「はぁ……難しいな……」

「倉木に頼った俺が愚かだった」

過去最高に冷えた声音で言い放った氷室は、さっさと医局へ戻っていく。

知香のせいにされているのが納得いかないのもあるが、そもそも、「死ぬ死ぬ」と初めに連呼した氷室が一番悪いと思う。

その言葉がいけないのも、もちろんなのだけれど、チームが結束していないことを遠藤に見破られたから、彼の不安を煽《あお》ってしまったのだ。

医療従事者の仲が悪いのに気づいた患者が、自分の命を預けようなんて思うわけがない。今後また説得するにしても、なんらかの対応策を考えなければならないだろう。

知香は佐久間とともにスタッフステーションへ戻ってきた。

その途端、佐久間がカウンターに突っ伏す。

「わたしはもうダメです……！　看護師失格です。どうしてあんなこと言ったんだろう。うわぁぁん」

号泣する佐久間を、不思議そうな顔をした子どもたちが見上げる。入院患者を見舞いに訪れた家族だろう。

スタッフステーションは多くの人が出入りするところなので、ここで大泣きされると目立ってしまう。

佐久間としては空回りする自分が許せず、さらに落ち込んでしまうのだろう。その気持ちはよくわかる。知香もフォローするどころか、不謹慎な単語を連発してしまった。

どうにか宥《なだ》めようと、突っ伏している佐久間の背をさする。

「落ち着いて。佐久間さんのせいじゃないですよ。そもそも氷室先生が冷たすぎるからこうなるんじゃないかな……」

「そうでしょうか？　わたし、この間も氷室先生に怒られたんです。看護師失格だって……」

「そんなことないよ。さっきのアレもそうだけど、何度も口にすると本当にそうなるんじゃないかな？　だから、いいことを口にしましょう！」

看護師失格なんて言われたら、自分はダメなんだと思い込んでしまう。特に佐久間は情緒の浮き沈みが激しそうなので、気分が上がることを口にしたほうがいい。

咄嗟《とっさ》の思いつきだったが、顔を上げた佐久間は機嫌の悪い猫みたいな目を向けてきた。

「いいことって、どんな言葉ですか？」

「えっと……」

「点滴、ルート確保、申し送り、夜間巡回、急変対応……どこにいい言葉があるんですか？　毎日仕事ばかりなのにわたしはその仕事すらできていないんです。ふぇぇん……」

もはや脳が仕事に支配されているため、ほかの言葉が思いつかないのだろう。知香だってそうだ。恋人いない歴は年齢と同じなので、人生に潤いがない。心が軽くなるような魔法の言葉なんて知らない。

そう、恋でもすれば、鬱々としなくて済む。

好きな人のことを考えるだけで明るい気持ちになれるだろう。

「えっとね……好き、とか？」

口にしただけで、知香の顔が熱くなる。

なぜか氷室を思い出してしまい、慌てて頭から追い払った。

佐久間は胡乱な目をして首を捻っている。

「はぁ……それって、仕事が好きっていうことですか？」

「あっ、うん、それでもいいんだけどね。好き好きって言うだけで、なんだか気持ちよくなれるよ！」

「そうかなぁ……スキスキスキスキスキス……」

なぜか呪いの言葉みたいにつぶやく佐久間だが、涙は止まっていた。

呪文を吐き続ける彼女を、子どもたちは無垢《むく》な瞳で見つめている。

好き……なんて、私も誰かに伝えるときが来るのかな？

知香は誰とも交際したことがないし、学生時代も好きな人ができたこともなかった。もっとも今は仕事に忙殺されているので、恋人を探そうともしていないのだが。

結婚なんて、もっと想像できない。

でも、いつかは好きな人と結婚して、子どもを授かりたいという夢はある。

しかしそれを叶《かな》えるには相手が必要なので、その夢よりは、まず目の前の仕事をこなすのが先だ。

そうして仕事に立ち返った知香は「キスキスキスキ……」とつぶやき続ける佐久間を連れて、点滴交換のため病室へ向かった。

特別チームが組まれたからには、遠藤から手術の同意を取らなくてはならない。だが知香はあえて遠藤を説得するのは避けた。無理強《じ》いされたら誰でも嫌になる。遠藤自身が自分の体についてもっとも案じているのだから、手術するのかどうかと急《せ》かさず、落ち着いて考えさせてあげるべきだと思った。

点滴の滴下速度を調節した知香は、ベッドに仰臥している遠藤に微笑みかける。

「遠藤さん、体調はどうですか？」

「うーん……まあまあだな」

「朝からほとんど食べていませんよね。夕食はお粥《かゆ》に変更していますから」

バイタルは問題ないが、食欲がないようだ。

そのため氷室の判断でビタミンの点滴をしている。

ごろりと寝返りを打った遠藤は、不満げに知香を見やった。

「おまえらがおれに『死ね』って言ったことは忘れてないからな。退院したら訴えてやる」

「それは本当に申し訳ありませんでした。私が至らなかったです」

知香は丁寧に頭を下げた。

「死ね」とは言っていないのだが、遠藤を傷つけたのは確かだ。チームが結束していないために、こんなことになってしまったのである。

大体は、氷室先生のせいなんだけど……!

あれから三日が経《た》ったが、氷室は相変わらずクールな態度だ。彼の傲慢な辛辣さは、もはや通常運転である。

佐久間は知香が教えた呪文を忠実に唱《とな》えて精神の安寧を保っているのか、どうにか仕事をこなしていた。

チームの和を保ちつつ、患者に誠意を尽くすことが自分の役目だ。知香は恨み言を吐く遠藤に根気よく対応していた。

「おれは絶対に手術しないからな。もう腹を切ってるんだからよ。これ以上やることないんだ」

まるで自分に言い聞かせているようだ。本人としても不安なのだろう。

知香は笑顔で答える。

「遠藤さんの気持ちはわかりました。とにかく今は安静にしていましょう」

不安な気持ちが大きいと、心身に影響を及ぼしてしまう。特に狭心症の症状は精神的なストレスにより発症することもある。
患者が落ち着いて静養できる環境を作ることが大切だ。
手術についてなにも言わないのが意外だったのか、遠藤は目を瞬《また》かせる。
だが彼は顔を背けると、また寝返りを打った。
午後なので安静にする時間だ。病棟には穏やかな時間が流れている。
新たに入院したほかの患者の点滴も調節して、病室を出ようとしたとき。
ふと、知香は足を止めた。
カーテン越しに、低い呻《うめ》き声が聞こえる。
遠藤のベッドからだ。
ベッドに近づいた知香は、そっとカーテンを捲る。
「遠藤さん、どうしました？」
こちらに背を向けた遠藤は手で胸を押さえていた。
「うぅ……ぐぅ……」
咄嗟に顔を覗き込むが、彼の顔色は蒼白《そうはく》だった。
——急変だ。
手首に触れて脈拍を測りながら、もう一度呼びかける。

「遠藤さん、わかりますか？　大丈夫ですか？」

知香の呼びかけに返事ができず、呻き声しか出ないようだ。

手首には冷感があった。彼の額には冷や汗が滲んでいる。

ナースコールに手を伸ばした知香は応援を要請した。

「誰か来てください、急変です！」

患者の状態が急激に悪化することがあるため、この場を離れられない。

かなり痛みがひどいようで、遠藤の呼吸は苦しそうだ。

もしかして、前から胸痛があるのを隠していたの……⁉

氷室が確認しても、遠藤は「なんでもない」と繰り返していたのを思い出す。あれはもしかすると、手術をしたくないがために隠していたのだろうか。

焦りが込み上げた、そのとき――。

室内に駆け込んできた氷室が、険しい表情で遠藤の顔を覗き込む。

「氷室先生！　遠藤さんが……」

「心電図、酸素投与、処置室に移動して」

「はい！」

適切な指示を出されて、知香は冷静さを取り戻す。

ほかの看護師たちもやってきて、人員が確保できた。

すぐに遠藤をストレッチャーに乗せて運び、知香はモニター心電図を装着する。駆けつけた佐久間が血圧計とパルスオキシメータを取り出す傍らで、酸素投与の準備をする。

氷室は冷静な眼差しでモニターを観察していた。

彼が来てくれたおかげで、急変にも迅速に対応できた。

心の奥で安堵《あんど》した知香は、遠藤の無事を祈りながら処置に奮闘した。


一夜が明けると、病棟は静けさを取り戻していた。

容態が急変した遠藤は、冠動脈の狭窄《きょうさく》が見られたため、直ちに緊急ＰＣＩが必要と氷室が判断した。

手術は無事に終わり、遠藤は一命を取り留めた。

連絡して病院に駆けつけた家族に事後説明して承諾を得ているが、本人はまだなにも知らないままだった。

夜勤の看護師から申し送りを受けた知香は、病室へ行く。

術後のためか、遠藤はまだ眠っていた。

昨日とは異なり、とても安らかな寝顔だ。手術から時間が経過しているので、すでに酸素投与は終えている。

痛み止めの点滴を確認していると、不意に衣擦《きぬず》れの音が耳に届く。

意識を取り戻した遠藤が瞼《まぶた》を開き、ぼんやりと天井《てんじょう》を見ている。

身を屈《かが》めた知香は、そっと声をかけた。

「遠藤さん、手術は終わりましたよ」

「あぁ……そうか」

麻酔の影響で、まだ朦朧《もうろう》としているようだ。

昼には起き上がれるようになるから、氷室が詳しい経過を説明することになる。

でも、その前に、知香は遠藤に言っておきたかった。

「ごめんなさい……。手術の同意は、ご家族からいただきました」

結局、知香は遠藤を説得することができなかった。

緊急だったので仕方なかったとはいえ、本人はこの結果に不服ではないだろうか。

自分の不甲斐《ふがい》なさを感じた知香が謝罪すると、思わぬ返事をされる。

「知ってるよ」

「えっ？」

「手術しろって、かみさんから怒られてたからな。実は……前から時々胸が痛かったんだ。でも、また手術するのが怖かったんだよな」

やはり、胸の痛みを我慢していたのだ。遠藤自身が、緊急手術になるかもしれないという予想をしていたのかもしれない。

すべてを終えたためか、彼は憑《つ》き物が落ちたかのように安らいだ顔つきをしていた。

「……そうでしたか。今度から気になる症状があったら、なんでも伝えてくださいね」

「おう。……ありがとうな」

「お礼は、ぜひ氷室先生に言ってあげてください」

知香が笑顔でそう言うと、遠藤は小さく頷いた。

彼の穏やかな顔を見て、心から安堵した。


やがて昼の休憩時間になったので、知香は持参の弁当を空いている部屋で食べた。

看護師は交代で休憩するため、みんなで一斉に食事するという習慣はない。

看護師になったときに実家を出て、アパートでひとり暮らしをしているので、家でもいつもひとりきりの食事だけれど、もう慣れていた。

水筒の麦茶を飲んでいると、氷室が顔を覗かせる。

「倉木、ちょっといいか」

「なにかありましたか？」

「そういうわけじゃない。少し話したいと思ってな」

氷室がそんなふうに言うなんて珍しい。でもきっと、昨日のことではないだろうか。

手術を終えた氷室の顔には、かすかな疲労の色が見える。知香は手術室に入れないので、氷室とオペ看に託したわけだが、無事に終わるまでずっと心配していた。

部屋を出たふたりは病院の屋上へ向かう。

広々とした秋の空には筆で刷《は》いたような白練の雲が流れていた。

柵越しに街を眺める氷室は双眸《そうぼう》を細める。

知香もその隣に並んだ。涼しい風が頬を撫《な》でて心地いい。眼下には平和な街並みが広がっている。

「オペ、お疲れ様でした」

「あぁ……初動が迅速だったからスムーズだった」

「遠藤さんは落ち着いた様子でした。手術に納得していたみたいですよ」

「さっき話したよ。緊急手術になってしまったが、命を助けられてよかった。手術に同意してもらうことも大事だが、もっとも大切なのは命を救うことだからな」

「そうですよね……」

氷室から言われて、あらためてもっとも大事なのはなんだったかに知香は気づかされた。

だけど知香が看護師になったのは命を救いたいなんていう崇高な目的ではなくて、氷室に憧れたからなのだ。

振り返ってみると、不純な動機だったと思う。

「俺は医師として、ひとりでも多くの患者を助けたい。それが自分の使命だと思っているし、そのために医者になった。看護師や同僚の医師に厳しくするのは、患者を助けたいという根幹があるからだ。その結果として職場の人間に疎まれてもいい。命を救えるのなら、俺はいくらでも嫌われよう」

彼の言葉が重みをもって知香の胸に浸透する。

氷室は厳しいことを言うときもあるが、彼なりの信条と誠意を持っている。

ただ辛辣なだけではない。ポリシーがあるゆえに厳しくなるのだ。

そういうことだったんだ……。氷室先生がそんなふうに考えていたなんて、知らなかった……。

知香はこれまで氷室に抱いていた苦手意識が溶けていくのを感じる。

それに昨日は、ナースコールを押したとき、真っ先に氷室が駆けつけてくれた。彼の適切な指示がなければ、知香は動揺して対処が遅れていたかもしれない。

やはり氷室は緊急時に頼りになる。

それは一番の安心感だった。

「昨日は氷室先生がすぐに来てくれて助かりました。急変のときは本当に焦りますから」

「ほかの用事で近くを通りかかったら、倉木の声が聞こえたからな。迅速に対処できたのは倉木のおかげだよ」

優しげにつぶやかれた氷室の言葉に、知香は瞠目《どうもく》する。

彼から感謝を告げられたことなんて、これまでにあっただろうか。絶対に「だから、なんだ」という決め台詞が返ってくるのだと思っていたのに。

びっくりして彼の横顔を見つめていると、氷室は眉をひそめた。

「なんだ。俺が礼をするのはそんなに珍しいのか」

「珍しいです……びっくりしました」

嘆息を漏らした氷室は、口元に皮肉げな笑みを刻む。

「俺が冷徹無慈悲で当たりがきついドクターだと思ってるんだろ？」

「そんなこと……思ってます」

正直すぎる知香に、氷室は声を上げて楽しそうに笑った。

軽やかな彼の声が、爽やかな風にのる。

氷室は笑ってくれたけれど、失礼なことを言ってしまったことに、はっとなる。

「でも、もちろん尊敬はしてますから！」

笑いを収めた氷室は、鳶色の目を遠くに向けた。

彼の澄み切った瞳の美しさに、知香は見惚《みと》れた。

「わかってる。倉木がいてくれたから、今回のチームはまとまることができた。俺の当たりがきついせいで、いつも反感を買うからな。緩衝材になってくれる倉木には感謝してるよ」

「私はスポンジですか……」

やたらと持ち上げられて、なんだか面映《おもは》ゆい。

確かに、氷室から叱られて狼狽《ろうばい》した佐久間をフォローしたり、チームが険悪な雰囲気になりかけたときに提案したりと、職場の円滑な人間関係のために尽力したといえばそうなのだが、それは当然だと思っている。

というか、氷室がいつも辛辣なのでフォローが必要なのだ。それができるのは知香しかいない。

だけど普段の彼が冷徹なのは、単に冷たい性格だからではなかった。

彼なりの信念を貫くためなのだとわかり、知香は安堵する。

氷室先生は、冷たい人じゃないんだ……。

新人看護師になったばかりのとき、冷たくあしらわれて傷ついた。あれは氷室が冷酷だからではなく、新人ゆえに甘えることを許さないという意味だとしたら、納得がいく。

「スポンジは大切な役割だぞ。そんなスポンジに敬意を表して、褒美を与えよう」

美麗な笑みを浮かべた氷室に偉そうに言われ、睫毛《まつげ》を瞬かせる。

なにやら氷の貴公子から直々にご褒美をいただけるようだが、どういう風の吹き回しだろう。

「褒美って、なんでしょう？」

「なにがいい？　倉木の好きなものをやるよ」

そんなことを言われても咄嗟に思いつかない。

氷室から物をもらったら、あとが恐いなんて考えてしまう。

「いえ、べつに、ご褒美なんていりません。私は当然のことをしたまでですから」

愛想笑いを浮かべて断ろうとするが、真摯な鳶色の双眸に射貫《いぬ》かれる。

「俺の申し出を断るという選択肢は初めからないから安心しろ。なんでもいいんだぞ。願いを叶えられるチャンスだ」

まったく安心できないのだが。

なんだか大仰なことになりそうな気配がして、知香は頬を引きつらせる。

これはハンカチなどの小物を要求しても氷室からの指摘がありそうだし、かといって「お星様を取ってきて」なんていうロマンチックな冗談を言っても冷徹な台詞で文句を言われそうである。要するに、なにを言っても氷室からの異議が出そうだ。

「うーん……少し考えさせてください」

「いいだろう。楽しみにしているよ」

なぜか不敵な笑みで期待され、知香は困ってしまう。

どうしよう……。氷室先生からご褒美をもらわないと収まらない感じだけど……。角を立てないためにはなにを望むべきか。というか、自分がほしいものはなんなのか。

頭を悩ませる知香を、氷室は双眸を細めて見つめていた。

◆

屋上で倉木知香と話した氷室理人は医局へ戻るため、院内の廊下を歩いていた。

彼女はほしいものを言わなかった。それどころか困惑さえしていた。普段の理人の厳格さを考えたら、褒美をくれるような人柄には見えないということだろう。

理人は卑怯《ひきょう》にも「それじゃあ、私と付き合ってください」と倉木が言うのを期待した。

なぜなら、これまでに数多《あまた》の女性からそのような台詞で告白されてきたので、倉木もそう言ってくれないだろうかと思ったのだ。

理人は今までどんな美女から交際を申し込まれても断ってきた。看護師から階段や廊下で告白されたことすらある。断る台詞は「興味がない」と決まっている。

まったく心が動かなかったからである。惹《ひ》かれない人には興味が湧かないので、交際に承諾できない。彼女たちの中には、交換条件を持ち出して交際を要求する者もいた。

今の理人のように——。

告白してきた女性たちの気持ちが今ならわかる。

なんのことはない。自分に告白する勇気がないから、条件をつけて相手に言わせようとしているだけなのだ。非常に愚かで滑稽な行為だ。そんな人間を好きになるはずがない。

それはそのまま自分に跳ね返ってきてしまった。

理人は重い溜息をつく。

「俺はこんなに愚か者だったのか……」

倉木知香のことは、患者だった彼女を執刀したときから印象的だった。

なぜなら、あのときは当初予定していた医師が対応できず、急遽《きゅうきょ》理人がオペを担当したからだ。

今は心臓血管外科を専門としているが、まず最初に担当したのは虫垂炎のオペだった。実は自信を喪失している中で抜擢《ばってき》されてしまったため、よりプレッシャーを感じていた。

手術は無事に成功し、患者の倉木はきらきらした瞳で感謝を告げた。

『ありがとうございました。私、看護学校を卒業したら、先生の傍で働きたいです！』

まさか看護学校の生徒だったとは思わなかったが、これも縁かもしれない。

理人は彼女のオペを担当できたことに誇りを覚えた。

『そうか。まずは体を回復させて、それから勉強を頑張るんだ』

『はい、わかりました！』

倉木の明るい笑顔が理人の心の奥に焼きついた。

その後、本当に倉木が神無崎中央総合病院の新人看護師として現れたときは驚いたが、理人は顔に出さないよう努めた。

もちろん彼女のことは覚えていて、再会したのは喜ばしいことだったのだが、特別に親しくするのは問題がある。

『だから、なんだ？』

理人の返答に倉木は呆然としていた。

もっと温かみのある反応を期待していたのかもしれない。

だが理人にとって誰かの期待に応えるとはすなわち、早期に病を発見し、正確にオペをこなすことにほかならない。

特に外科は手術を控えている患者が多いため、入院や手術に対する不安を感じないよう穏やかに接するが、同僚への愛想は必要性を感じなかった。

そんな理人の指摘に萎縮してしまう看護師は少なくないが、仕事なのでミスを正すのは当然である。理人は暴言を吐くわけではなく、理不尽なことを言っているわけでもない。ごく当たり前のことを論理的に説明しているだけだ。命を預かる看護師としてその責務を負えなければ失格の烙印を押されるのは至極当然である。

佐久間にも言い過ぎたとは思っていない。これまでにも病棟の激務に耐えきれず、辞めていった者はたくさんいる。医院などに移れば夜勤はないし、どの医師のもとで働くか選べる。看護師に限らないが、総合病院だけが医療従事者の職場ではない。

これまではそんなふうにドライに考えていた理人だったが、倉木に接していて少し考えが変わった。

倉木だけは、理人に食いついてきたからだ。

どれだけ厳しく言っても彼女は折れなかった。それどころか「もっと温かく接したらどうか」なんてアドバイスをしてくる。

いつしか、倉木とそうして舌戦《ぜっせん》を交わすのが心地よくなっていた。

先の手術の件では、倉木の機転と気遣いがなければ、チームは瓦解していたかもしれない。

心が折れかけた佐久間をフォローして立ち直らせているのを、実はこっそり見ていたが、そういう向き合い方もあるのだと気づかされた。倉木が後輩を励ましたように、自分も倉木になにかしてあげたいという思いが湧いた。

いつから彼女を想《おも》うようになっていたのだろう。

理人は先ほどの自らの言動を顧みる。

好きなものをやる、というのは、あくまでも礼のひとつだ。

今回の案件がスムーズだったのは倉木が貢献してくれたためなので、その礼として、なんらかの褒美を与えるという意味である。

決して「それじゃあ、私と付き合ってください」という台詞を誘導しようとして言ったわけではない。

なぜか認めたら負けのような気がして、理人は思考をそのようにまとめる。

「そうだ、そうに違いない。たとえば褒美はハンカチでもいい。いや、ハンカチでは困るな。安価すぎる。といっても、マンションだとか言われても困るが……」

彼女からなにを要求されても困りそうだ。

物とは言っていないので、やはり「それじゃあ、私と付き合ってください」と言われるのが丸く収まりそうな気がする。別に期待しているわけではないが。

理人は知香がその言葉を言ってくれたときに、どう答えようかとシミュレーションしながら、足取り軽く廊下を歩いた。

医局のデスクについた理人は、パソコンを操作した。本日はオペの予定が入っていないため、臨床研究についての論文をチェックする。

すると、隣席の釈迦郡亮平がコーヒーを片手に話しかけてくる。

「氷室先生、お疲れ様です。昨夜は緊急オペでしたよね。休まなくていいんですか？」

「あぁ……別にいい」

釈迦郡は理人より二歳年下である。そのため彼が氷室に話しかけるときは敬語になっていた。

彼とは派閥が同じわけでもなく、出身大学も異なるので、共通点は特にない。ふたりは『双璧の貴公子』だとか謳われているらしいが、理人にとってはどうでもよかった。確かにふたりとも独身だが、独身の医師はほかにもたくさんいる。

患者の病状の共有が必要なときには会話するが、それ以外は用がないので話しかけないでほしい。

理人は画面から目を離さず、英語の論文を読み込む。

黒のプラスチックカップを手にした釈迦郡は、コーヒーの芳香を撒《ま》き散らしている。

「そういえば、あの噂って先生の耳に入ってます？」

「なにが」

ほぼ義理で返事をする。

噂話など、もっとも興味のない類いだ。

誰にでも愛想がよい釈迦郡は交友関係が広いのか、よくこの手の話をする。

彼はさりげなく周囲に目を配る。奥のソファで打ち合わせをしていたベテランの医師たちが、席を立って医局を出ていく。

医局のデスクにいるのは、ふたりだけになった。

誰もいないのに、わざわざ釈迦郡は声をひそめる。

「氷室先生が独身の原因が、ＥＤだからだって噂があるんですよ」

「ふうん」

「ふーん……って、ほかになにか言うことないんですか？」

「ＥＤって、Erectile Dysfunction のことか。心因性と器質性に大きく分かれるな。

俺は専門外だが」

「氷室先生は本当に医術にしか興味がないんですね。だから独身なんですよ」

「おまえが言うな」

興味深い論文なので、熱心に読んでいる理人は適当に返事をした。

男性にとってＥＤの疑いをかけられるのはプライドにかかわるだろうが、否定も肯定もしない。

だが、まったくの誤解だとは言えない。理人にはEDを指摘される心当たりがあった。

それを釈迦郡に話したところで時間を浪費するだけなので、説明する気はない。

理人が話題に食いついてこないのでつまらないのか、釈迦郡は肩を竦《すく》める。

「そりゃあ、僕だって独身ですけどね。僕もそんな噂を立てられないうちに結婚しようかな」

「相手はいるのか」

釈迦郡に結婚を考える相手がいるのかは知らない。いるとしたら結婚式に出席する日取りを調整しなければならないので、早めに教えてほしい。

そう思って訊ねると、彼は頬を緩めた。

「あの子なんか可愛《かわい》いですよね。外科病棟の倉木知香さん」

すっと、理人は画面から目を離した。

視線を横の釈迦郡に投げる。

聞き捨てならない名前が出た。

努めて平静を装い、質問する。

「倉木と付き合っているのか？」

今の話の発端は、結婚する相手がいるのかどうかだったが、釈迦郡の返答が曖昧だった。

曖昧なので確認が必要だから、理人は問い質《ただ》したまでだ。

そのはずなのに、内心でひどく狼狽しているのはなぜなのか、自分でも不思議だった。顔には出さないが。

「いえ、まだです」

「ふうん」

画面に視線を戻した理人は、動揺を押し込めつつ頭を巡らせる。

彼は明確に否定した。ふたりは交際していない。しかし「まだ」ということは、いずれ実現すると彼は思っている。しかも近い未来に。

釈迦郡は整った顔立ちをしており、人付き合いにも如才ない。医局のトップを決める教授選に興味のない理人と違って、出世を視野に入れている。彼と結婚したら幸せになれると、女性なら誰でも思うだろう。

倉木は釈迦郡に告白されたら、承諾するんだろうか……。

外面と異なり、釈迦郡には腹黒いところがあるのを理人は見抜いていた。彼には倉木を渡したくない。しかし、ほかの男ならよいというわけではなく、誰にも渡したくなかった。

もはや文字が頭に入ってこない。

溜息をこぼした理人は席を立つ。

「俺もコーヒーでも飲もうかな」

「どうぞ」

「医局のコーヒーメーカーは不味《まず》い。コンビニで買ってくる」

スクラブの上に羽織った白衣をばさりと捌《さば》き、医局を出る。

もう釈迦郡の口から、倉木の名前を聞きたくなかった。

翌日、外来での診察を終えた理人は、病棟へ向かった。

担当した患者が入院したので、諸々を確認するためである。

エレベーターを降りてスタッフステーションへ向かうとき、ちょうど廊下で倉木と鉢合わせた。彼女は手にランチバッグを持っている。

「休憩か」

「はい、今からです。……あの、氷室先生、昨日のことなんですけど」

言われた理人は、どきりとした。

釈迦郡が、倉木に気があるようなことを言っていたのが脳裏をよぎる。

しかし倉木がそのことを知るわけはない。

医局での話の前に、屋上で彼女に「褒美をやる」と告げたのを思い出した。

きっと、それについてだろう。

忘れていたわけではないが、釈迦郡の発言が思った以上に衝撃的だったので、倉木のほしいものはなんだろうなんて楽しみに思うような気持ちはすっかり霧散していた。

「あぁ、あれか。こっちで話そう」

倉木が休憩を取る部屋へ一緒に移動する。

少し付き合おうと思い、途中の自販機でコーヒーを買う。

「倉木も飲むか？」

「けっこうです。私は水筒持参なので」

奢《おご》りたかったが、断られてしまった。

心の中でしゅんとした理人は、仕方なく自分の分の缶コーヒーのみを手にする。

倉木はいつも弁当と水筒を持参しているので、堅実な性分のようだ。

「水筒の中身はなんだ？」

「麦茶です」

「麦茶が好きなのか」

「はい」

なぜそんなことを聞くのか、と言いたげに倉木は不思議そうな目を向けてくる。

もう少しプライベートな話ができるかと思ったのだが、なぜか一問一答になってしまう。屋上で打ち解けられたので、つい倉木に話しかけたものの、唐突だったのだろうか。それとも理人の聞き方が悪いのか。仕事のときはお互いに饒舌《じょうぜつ》なのに、どうしてこうなるのか。

内心で首を傾げた理人は、倉木とともに休憩室に入り、ドアを閉める。

室内は簡素で、奥に仮眠用のベッドがあるほかには、長机とパイプ椅子が二脚のみ。奥のパイプ椅子に腰を下ろした倉木は、テーブルにランチバッグを置いた。

だが取り出そうとはせず、手を膝に置いている。話をしてから食べるつもりだからだろう。

理人はそれを眺めながら、さも話を終えたらすぐに退出するという感じで、向かいの椅子に浅く腰かける。

打ち合わせではないので、リラックスした雰囲気を出そうと、缶コーヒーの飲み口に手をかけた。内心では高揚と焦燥が湧き上がっている。

「昨日の、ご褒美をあげるという話なんですけど……」

「ああ、なんでもいい」

平静を装ってはいるものの、倉木の目をまっすぐに見られない。

理人は、缶コーヒーを一口含んだ。

「それじゃあ、付き合ってください」

「うぐっ……」

盛大にむせてしまい、口元を押さえる。

驚いた倉木がハンカチを差し出した。

「先生、大丈夫ですか？」

「あ、あぁ……今、なんて言った？」

自分の耳を疑った。

理人は借りたハンカチで口元を拭うと、倉木を凝視する。

彼女は平然として言った。

「私に付き合ってください。居酒屋とか、どうですか？」

「……」

そういう意味だったか。

過剰に反応した自分が馬鹿だった。

一瞬にして沸騰した血が、みるみるうちに冷めていくのを感じる。

落胆した理人はハンカチを下ろした。

「却下する。俺は一滴も酒を飲まない主義なんだ」

「そうなんですか。それじゃあ……アフタヌーンティーはどうでしょう」

「それならいい。いつにしようか」

アフタヌーンティーとは、午後に紅茶や軽食を楽しむという、イギリス貴族の習慣だ。ホテルでのアフタヌーンティーが人気だとメディアで見たことがあるが、理人はもちろん経験したことはない。

手にしたハンカチをポケットに突っ込むと、すぐに手帳を取り出して捲る。

予定はすぐに決めておくべきである。

オペの予定と同じで、日取りを決めなければなにも始まらないからだ。

それに倉木の気が変わったりしたら困る。やっぱりなかったことに、なんて言われたら水の泡だ。

「来週の火曜日が空いている」

「そこは夜勤明けなので、私も空いてます」

「じゃあ、火曜日だな」

ペンで火曜日の枠に書き込もうとした理人は、ふと手を止めた。

連日にわたり、オペ、オペという単語が並ぶ間に、つい『デート』と記入しかけていた。

いや、デートではないか……。だが、ほかになんて言うんだ？

酒を一滴も飲まず、飲み会にも参加しないため、交流の場に出かけたことがない。ましてて女性とふたりでアフタヌーンティーに行くなんて未曾有《みぞう》の事態だ。

三秒ほど悩んだ理人は、手帳の枠に『倉木』と書いた。

倉木は嬉しそうに微笑みながら、弁当箱を取り出す。

「ありがとうございます。ずっとアフタヌーンティーに行ってみたかったんです」

「そうか。席を予約しておこう」

理人は手帳を閉じた。倉木が弁当箱の蓋を開くと、ウインナーや玉子焼きなどのおかずが詰められた素朴な弁当が現れる。

「自分で作るのか？」

「そうです。ひとり暮らしなので。実家は天堂《てんどう》市だから、病院から通うには遠いんですよね」

「ここからふたつ隣の市だな。俺の出身は東京だが、天堂市にも観光で行ったことがある」

「先生は東京の人なんですね。どうりで発音が綺麗です」

「ああ……」

訛《なま》りがないという意味だと思うが、倉木から「綺麗」と言われて胸の奥底が弾む。

きゅんとしてしまったせいか、続く言葉が出なかった。

もう少し話したい気分だが、倉木は箸を取って弁当を食べ始めたので、邪魔になるだろう。来週の火曜日にアフタヌーンティーができるわけなので、そこでゆっくり話をすればいい。

倉木はひとり暮らしをしているということと、実家は天堂市にあるという情報を頭の中にメモし、缶コーヒーを手にした理人は席を立つ。

「それじゃ、火曜日に」

「はい。楽しみにしてます」

もぐもぐと噛《か》みながら返事をする倉木に、軽く手を上げる。

部屋を出た理人は、フッと口元を緩めた。

リスみたいだ……可愛いな。

そんなことを感じた自分に、内心で首を傾げる。

リスを可愛いなんて思ったことすらないのに、なぜそんな発想になったのだろうか。

廊下を歩いていた理人は、つとポケットに手を入れた。

「あぁ、ハンカチを……」

倉木からハンカチを借りたままなのに気づいた。

白のハンカチには素朴な花が刺繍《ししゅう》されている。どうやら手縫いらしい。だが、そこにコーヒーの染みがついてしまっていた。

クリーニングして返したほうがよいだろう。

そう思い直した理人は、ハンカチをポケットに戻す。

柔らかなその感触に、かすかな安堵を覚えた。

第三章　アフタヌーンティーのあとの情事

氷室とアフタヌーンティーを約束した火曜日――。

ワンピースをまとった知香は、連れてこられたラグジュアリーホテルの豪華さに臆した。

「わ、わぁ……すごいところですね……」

高い天井から吊《つ》り下げられたシャンデリアが宝石のように光り輝いている。広大なロビーラウンジは温かみのあるベージュで調度品がまとめられ、フルハイトの大きな窓からは庭園の緑が見渡せた。

まるで宮殿みたいな格の高さだ。

予約をしてくれるというので氷室に任せたのだが、いざ訪れてみたらあまりにも高級なラグジュアリーホテルだったので驚いた。

新しいワンピースを買ってよかった……。

今日は氷室とのデート……ではなく、お茶会みたいなものなのだが、せっかくだから新品の服を着てきた。

小花柄のブルーのワンピースにカーディガンを羽織り、小ぶりのハンドバッグを合わせている。慣れないハイヒールを履いているので歩きにくいが、どうにかバランスを保っている。

ご褒美をなににするか考えた知香は、食事を奢ってもらおうと思いついた。それなら物ではないから氷室としても負担にならないだろうし、居酒屋で延々と今後の医療について語る氷室を眺めているだけなら、知香にもできると思った。

居酒屋が却下されたので、ホテルでのアフタヌーンティーになったが、やはりケーキを食べながら氷室の話を聞いていることになるのだろう。男性はアフタヌーンティーに興味がないと思うので、ちょっと試しで言ったことになぜ氷室が承知してくれたのか不思議だ。酒を飲まないとのことだから、アルコールをメインで提供しない店ならどこでもよかったのかもしれない。

前を歩く氷室は、さらりと濃紺のジャケットを着こなしていた。まるで学会に行くときのような飾り気のない格好だが、脚が長いのでどんな服を着てもさまになる。

「こういうところでアフタヌーンティーをするんだろう」

「でも、ここ、すごく高いんじゃないですか？」

「安心しろ。俺の奢りだ。礼なんだから」

「ご馳走《ちそう》様です」

「まだなにも食べてないだろ」

いつもの応酬を交わすと、知香の緊張は若干ほぐれてきた。

ラウンジの予約席に案内され、転ばないよう慎重に歩を進める。

生まれたての子鹿みたいな歩き方の知香を見て、氷室は眉をひそめた。

「なんだか歩き方がぎこちないが、どうした」

「ヒールが高いんです。しかも絨毯《じゅうたん》がふかふかだから、ヒールが沈んでバランスを崩します」

いつもはナースシューズを履いてリノリウムの床しか歩かないので、バランスの取り方がわからず不安定なのだ。

足に力を入れて必死に均衡を保っている知香の手を、すいと氷室が掬《すく》い上げる。

初めて触れた氷室の手は、熱くて頼もしい厚みがあった。

まるでお姫様をエスコートするような仕草に、どきんと胸が弾む。

「……ありがとうございます」

「そんなに華奢《きゃしゃ》で踵《かかと》の高い靴を履いてくるからだ。よく立っていられるな」

「だって……せっかくのデートなので、気合いを入れようと思ったんです」

うっかりデートと言ってしまった途端、ぎゅっと手が握りしめられる。

突然きつく手を握られたので、どきりとする。

席に向かっていた氷室が歩みを止めて振り向いた。

「なんだって？」

「あっ、間違えました。お茶会です」

「いや、そうではなく……なんでもない」

なにやら言いかけた氷室だが、咳《せき》払いをこぼす。

デートなんて称したら、氷室が気を悪くするかもしれない。男女が休日に高級なホテルを訪れてアフタヌーンティーを楽しむのは、もはやデートと呼んでもいいのでは……なんて思って浮かれていた。

恋人でもなんでもないので、男女とはいえデートは不適切だ。お茶会という名目でいいだろう。

そう考えた知香は「デート」と口を滑らせないように気をつけようと心に刻む。

ふたりは予約プレートの置かれたソファ席に腰を下ろす。

ゆったりとした半円形のソファは特上の席なのだが、ふたりが並んで座る仕様になっている。

当然、氷室は知香の隣に腰を下ろした。

ふたりの間隔は適切な距離なのだが、なんだか親密さを覚えてしまう。

ほかの多くの席はテーブルの向かい合わせに椅子があるので、肩が触れ合うようなことにはならない。

仕事では氷室と隣り合って座る機会がないためか、なんだか緊張した。

「な、なんか、お誕生日席みたいですね」

「誕生日の主役が座る席ということか。そうかもな」

ドリンクのメニューを眺める氷室は、平然としている。

彼は別に気にしておらず、知香が意識しているだけのようだ。

気を取り直した知香は、アフタヌーンティーを楽しむことにした。

初めの紅茶を頼もうとするが、席にやってきたウェイターが銀盆からふたつのフルートグラスを差し出す。

フルートグラスは黄金色の液体に満たされていて、細やかな気泡を立ち上らせていた。

「ウエルカムドリンクがついてるんですね」

「そういうプランだったな。だが、これは……」

細い柄を摘《つま》んだ氷室はグラスに鼻を近づけて、黄金色の液体の匂いを嗅ぐ。

彼はすぐに顔を離すと、すっとフルートグラスを置いた。

「アルコールだ。スパークリングワインだな」

「氷室先生は飲めないんでしたね。私がふたり分、飲んであげるから大丈夫です」

「そうしてくれ。俺は紅茶だけでいい」

ウエルカムドリンクとして一杯だけワインがついてくるプランを、氷室が知らずに予約してしまったようだ。アルコールといってもこれだけで、ほかの飲み物は紅茶やコーヒーだから、昼から飲んでも平気だろう。

やがて豪華な三段トレーが運ばれてきた。

銀色の繊細なスタンドに飾られた一口サイズのスイーツは、宝石みたいに美しい。

チョコレートを重ねたタルトに、カラフルなマカロン、たっぷりのラズベリージャムを巻いたロールケーキなど、どれも美味《おい》しそう。

セイボリーも、クロワッサンのサンドイッチや南瓜《かぼちゃ》のキッシュ、それにプレーンスコーンとピスタチオスコーンなど盛りだくさんだ。

「素敵……綺麗……美味しそう……」

目を輝かせた知香は絶賛する。

いつか優雅なアフタヌーンティーを経験してみたいなと思っていたのだが、休日が不規則なこともあり、友人を誘って行く機会がなかったのだ。

ようやく憧れを叶えられた感慨が胸に染み渡る。

スマホで三段トレーの写真を撮る知香に、氷室は微苦笑をこぼす。

「それだけ撮ってどうするんだ。自分も写したらいいんじゃないか？」

「あっ、そうですね。えっと……」

後ろ向きになって、三段トレーと自分を写そうと調整するが、うまくいかない。

すると、手を伸ばした氷室が、すいとスマホを掬い上げた。

「撮ってやるよ」

氷室がスマホをかざすので、知香はとびきりの笑顔を浮かべる。

カシャッと音が鳴ると、氷室は身を寄せてきた。

「ほら。これでいいか？」

スマホを差し出されたので、ふたりで撮影した写真を覗き込む。

綺麗なラウンジを背景にして、三段トレーと笑顔の知香が綺麗に写っていた。

「すごい！　氷室先生は写真を撮るのも上手なんですね」

「あー……、外では『先生』は、やめてくれ」

院内ではドクターをすべて「先生」と呼ぶので慣れているのだが、今はプライベートだ。しかも氷室は若くてイケメンなので、同世代の知香が「先生」と呼んでいたら人目を引いてしまうかもしれない。

「わかりました。それじゃあ、氷室さんと呼びますね」

「なんだか違和感があるな。名前にしてくれ」

「えっと……理人さん？」

「いいね。俺も知香と呼ぶから」

氷室が柔らかな笑みで知香の名を呼ぶので、どきんと胸が弾んでしまう。

彼に初めて名前を呼ばれた。

ただそれだけのことなのに、どうしようもなく胸がときめいてしまうのはなぜだろう。

なんだか本当にデートみたい……。

そう思うせいか、いつもよりさらに氷室――理人が格好良く見える。

華麗にスーツを着こなした理人は、手にしている知香のスマホを掲げた。

「せっかくだから別の角度からも撮るか」

「それなら氷室せ……理人さんを撮ってあげますよ」

「俺はいい。俺がスイーツとセットで写っていたら異様だろ」

「そうかも」

「そこは否定しろよ」

ふたりで笑い合うと、心が軽やかに跳ねる。

理人は知香に身を寄せると、スマホをこちらに向けた。

これは、恋人同士が一緒に撮影するポーズではないだろうか。

ふたりの肩がくっついたので、知香は内心でどきどきする。

「ふたりで撮ろう。それならいい」

「写真を送ってあげますね」

「俺はいらないから送らなくていい。見たいときは知香のスマホを借りる」

「なんでですか」

軽口を叩き合いつつ、笑顔で写真を撮る。

チェックしてみると、スイーツを背景にして顔を寄せ合う理人と知香が写っていた。

理人さんとのツーショット……これってけっこう貴重かも。

初めてのアフタヌーンティーの記念になった。

スマホを返した理人は、注文した紅茶のカップを手にする。

「さて。アフタヌーンティーを堪能《たんのう》するか」

「そうですね。いただきます」

知香はバッグにスマホをしまうと、フルートグラスの柄を摘む。

口に含んだスパークリングワインの華やかなアロマが広がった。爽やかなのに深みがある味わいで、とても飲みやすい。

フルートグラスを置くと、さっそく三段トレーに手をつける。

知香は小ぶりのエクレアを、取り皿に移した。

「氷室せ……理人さんは甘いものは好きなんですか？」

「好きでも嫌いでもない。ただあるものという認識だな」

「すごく氷室せ……理人さんらしい解釈ですね」

スコーンにクロテッドクリームを塗っている理人は、ちらと眉を跳ね上げる。そんな仕草さえ洗練された貴公子の雰囲気が漂っていた。

「知香は俺を見たら『ひ』と言いたいみたいだな。唇の形がそうなってる」

微苦笑を交えて指摘され、かぁっと顔が熱くなる。

理人が知香の唇を見ているということが、なぜかたまらなく恥ずかしく感じた。

「名前のほうが言い慣れないので……でも、理人さんと呼んでも『ひ』は入ってますけど？」

「そういえばそうだな。今まで気づかなかった。親もそんなことは考えていないだろう」

エクレアを頬張ると、濃厚なクリームが蕩《とろ》ける。上質なチョコレートとクリームは最高のマリアージュを織り成した。

「理人さんのご両親はお医者様なんですか？」

「おっ、慣れてきたな。――俺の家は医者の家系なんだ。両親とも医者で、祖父も外科医だった」

「そうなんですね。じゃあ、医師になるのは当然という雰囲気だったんですか」

「そうだな。ほかの職業は考えられなかった。物心ついた頃から、俺は医者になるんだと思っていたよ。いずれはアメリカに研究留学して最新の医療技術を学ぶのが夢だった」

「アメリカ留学ですか……すごいですね」

理人は生まれながらに医師となることが決められたセレブリティなのだ。貴公子という異名がついているのも頷ける。

きっと裕福な家庭で、両親の期待に応えられる優秀な息子として育てられたのだろう。

彼から滲み出る自信と気品が、その証《あかし》だった。

一般的な家庭で生まれ育った知香とは、別の世界の住人だ。

「私が看護師になりたいと言ったときは両親から反対されました。激務で過労死するんじゃないかとか、いろいろ言われましたね」

「ご両親に大切にされているということだろう。もしかすると、知香は一人娘なのか？」

「そうなんです。兄弟もいないし、家が自営業だから、余計に病院勤務を心配するみたいなんですよね」

「へえ。自営業というと、レストランとか？」

上品な所作でスコーンを食べる理人に、知香は慌てて手を振る。

「そんなおしゃれな業種じゃありません。鈑金屋《ばんきんや》です。自動車整備工場ですね」

「なるほど。俺の勝手なイメージだが、頑固な親父《おやじ》さんが目に浮かぶようだ……」

くすっと思わず知香は笑ってしまった。

下町の工場の親父というと、そんなイメージがあるかもしれない。

「そうかも。でも母が応援してくれたから、今は父もなにも言わないですけどね」

「知香を嫁にもらうときは親父さんに怒鳴られそうだな」

そんなことを爽やかな笑みで言うものだから、知香は目を丸くする。

思わず手にしていたフォークを取り落としそうになった。

「な、なにを言うんですか。結婚なんて、まだ全然ないですよ」

「そうなのか。恋人はいるのか?」

「いませんけど……」

うつむいた知香は小さな声で言った。

フォークで掬い上げようとしたプチケーキが、ほろりと崩れる。

好きな人と付き合って結婚するという夢はあるものの、叶えられそうにない。そもそも出会いがなかった。友人から知り合いの男性を紹介してあげると言われたことはあるのだが、休日が揃《そろ》わないため顔を合わせる機会が得られず、結局断った。

恋人すらできず、仕事のみに邁進《まいしん》して、二十六歳になってしまった。

同級生の中にはすでに結婚して出産している人もいるので、「結婚はまだ?」と聞かれると、気が重くなる。

結婚どころではない。同級生の友人が高校生のときに経験していることを、まだこなせていないのだから。

二十六歳という年齢で未《いま》だに処女なのは、もはや焦りを通り越して諦めの境地に達していた。

「もう夢なんて諦めましたよ。恋人どころか好きな人すらいませんし……」

「知香の夢って、なんだ？」

「私だって乙女らしく、いつかは好きな人と結婚して、子どもを授かりたいという夢があるんです。理人さんのアメリカ留学の夢に比べたら、すごくささやかですけど」

「夢の規模は関係ないと思うが……だが、その論旨によると、好きな人がいたら夢を諦めなくてもいいということだよな？」

やたらとこだわる理人は、優雅にティーカップを傾けている。

紅茶の芳しい香りが漂った。

プチケーキを頬張った知香は、フルートグラスを手に取る。

「まあ……それは人並みに、好きな人がほしいですし、彼氏がいたらいいなって、今も思ってはいますけどね」

「じゃあ、俺と付き合うか」

ぱちりと睫毛を瞬かせた知香は、フルートグラスを傾けようとして手を止めた。

思わず理人の顔を見やると、彼は平然として紅茶の芳香を漂わせながらこちらを見ている。

新手の冗談と解釈した知香は、深い溜息をこぼした。

「冗談はやめてください。そんなふうに軽く言われても全然喜べないですよ」

告白するにはあまりにも軽すぎるので、本気ではないとわかる。

知香にもプライドはあるので、からかうのはやめてほしい。

ところが、笑って済ませるかと思ったのに、理人は真摯な顔をする。

彼はティーカップをソーサーに戻した。

「なぜ冗談になるんだ」

「だって真剣に告白するなら、もっと違う言い方をするじゃないですか」

「違う言い方とは、たとえば？」

「えっと……」

そう問われても困る。

知香自身が告白されたこともしたこともないので、実体験が皆無なのだ。

ただ高校生みたいに「付き合おう」「いいよ」と軽いノリで交際できるほど若くはない。年齢的に結婚を意識した付き合いになると考えたら、少なくとも結婚を前提にして告白しなければならないのではないか。

「結婚しよう、これからの人生をともに歩みたい……とか」

「それはプロポーズの台詞じゃないか？」

「あっ、そうですね。いつか好きな人にそんな台詞を言われたいとは思ってますけどね」

あはは……と笑った知香は、フルートグラスを傾ける。

理人の分も飲んでいるので、ふたつのグラスが空になった。

そのあとはホットチョコレートをオーダーして、スイーツとセイボリーに舌鼓を打つ。

アフタヌーンティーに来たら、てっきり彼が医療についての話を延々とするかと思っていたけれど、プライベートなことで楽しく話せた。次第に空いていく三段トレーを見ながら、知香はこのお茶会の終了を意識していた。

理人も黙々と食べていたが、不意に彼は言った。

「それで、答えは？」

「はい？」

「俺と付き合おうという告白に対する答えだ」

「……」

その話題はまだ継続していたらしい。彼の執拗《しつよう》さに呆れてしまう。

冗談への答えを真面目にしなければならないのだろうか。

理人が知香と本気で付き合おうなんて思うわけがない。

これまでにも知香に好意を持っているようなそぶりはなかったし、そもそも冷徹な理人が誰かを好きになるなんて想像できない。

それにふたりは反りが合わず、いつも衝突してきたのだ。

仕事で対立しているのに、プライベートでは付き合うなんて、おかしいのではないか。

大体、セレブな彼が凡庸な知香と交際するなんてありえないだろう。

「理人さんって、けっこうしつこいですよね……」

「褒め言葉として受け取っておく」

理人は体をこちらに向けて、完全に待ち受ける姿勢になっている。

知香がイエスかノーと、はっきり言わない限りは引かないようだ。

頬を引きつらせた知香は、夜勤のときに耳にした噂話を思い出した。

理人は、EDだという。

それが本当ならなおさら、知香に告白するのは矛盾してはいないか。それとも知香を使ってEDを解消できるか試してみようとか、そういうつもりなのだろうか。

なんだか、むかつく。

昼を尖《とが》らせた知香は、ほろ酔いになった勢いもあり、理人に言った。

「理人さんの秘密を知っているから、付き合えません」

「なに？」

鳶色の目を見開いた理人は、驚いていた。

まさかとは思うが、身に覚えがあるらしい。

「あっ……やっぱり噂は本当だったんですね。でも私は触れ回るようなことはしませんから安心してください」

眉根を寄せた彼は、何事かを考えるように目を逸《そ》らしている。

理人の名誉を傷つけたくはないので、もちろん口外するつもりはない。

「そうか……知っていたか」

「ええ、あの、夜勤のときに小耳に挟みました」

「その内容をここで詳しく話すのは憚《はばか》られる。このあとちょっと付き合ってくれ」

「えっ、ええと……」

付き合えません、と断ったばかりだが。

スパークリングワインで酔った頭で必死に考え、場所を移動しようという意味だと理解する。

「それなら付き合えます」

あっさり承諾した知香に、なぜか理人は眉をひそめる。

残りのスイーツと紅茶を胃の腑《ふ》に収めたふたりは、席を立った。


ラグジュアリーホテルからタクシーで移動し、瀟洒《しょうしゃ》なマンションの前で降車する。

ふたりが勤務する病院からほど近い場所にあるそのエリアは、高級住宅街の一角だ。

「ここは……？」

「俺の家だ」

理人が運転手に行き先を告げたのだが、まさか彼の自宅だとは思わなかった。

とはいえ、個人的な秘密を話すのに喫茶店というわけにもいかないので、やはり自宅が無難と思ったのだろう。

高級そうなマンションを見上げていると、軽く背に手を添えられて促される。

逃げる選択肢は与えられていない。

知香はＥＤへの偏見があるわけではないし、これでも看護師なので、もし理人が真剣に悩みを打ち明けたなら話を聞くつもりだ。

そうだよね、誰にだって体の悩みはあるわけだもの……。

自分だって、右耳の傷跡についてのコンプレックスを抱えている。

薄《うっす》らとした傷跡だし、プライベートでは髪で見え隠れするので目立たないのだが、小学生のときにクラスメイトから馬鹿にされて以来、気にしているのだ。

知香はそっと下ろしている髪を手で梳《す》く。今日は髪をまとめていないので、耳は完全に隠れていた。

理人に連れられてマンションに入り、コンシェルジュデスクの前を通る。

マーブル模様の大理石で作られた床は磨き上げられていて、土足で踏み込むのを躊躇するほどだ。銀色に輝くエレベーターのドアが開くと、ふたりは箱の中に乗り込む。

理人は最上階のボタンを押した。

六階だが、マンションの最上階ということは、もっとも高額な部屋なのではないか。

このような高級マンションに出入りした経験のない知香は、緊張して身を強張《こわば》らせる。

しかも、理人の住んでいる部屋に入るのだ。

男性の部屋に入ったことなんてないし、冷徹無慈悲な彼が寝起きしているのは一体どんな部屋なのか想像できない。

到着したエレベーターを降りると、瀟洒な廊下には扉の前に門がある。

理人は堅牢《けんろう》な門を開けて、扉にカードキーをかざす。

最上階にあるのは一戸だけらしい。まるで邸宅のようだ。

扉を開けた彼は、手をかざした。

「入ってくれ」

「……お邪魔します」

玄関に入ると、パッと自動で照明が点灯する。最新の機能に驚いてしまった。

広い玄関内はがらんとしていて、物が置かれていない。小物や通販の段ボールなどでいっぱいの知香のアパートとは雲泥の差である。

「靴を脱いでくれ。靴ずれしてないか？」

「それは大丈夫です」

理人がスリッパを用意してくれたので、ハイヒールを脱いで足を通す。ようやく生まれたての子鹿から卒業できたので、ほっとした。

長い廊下を通って案内されたのは、リビングだった。

三十畳はあろうかという広大なリビングは、明るいアイボリーのソファとラグでまとめられている。ペールブルーのカーテンやクッションが差し色として使われ、アクセントになっていた。大理石のラウンドテーブルは趣がある。棚などの家具がないので、より広々と感じられる。

「すごくおしゃれですね。モデルルームみたい」

「そのとおり。このマンションのモデルルームを手がけたインテリアコーディネーターに任せた」

「納得しました」

「そこを力強く頷くなよ」

笑った理人が、てのひらでソファを指し示す。

知香が腰を下ろすと、柔らかいファブリックのソファに体を包み込まれた。

隣のキッチンらしき部屋に理人は姿を消した。広いのでリビングとダイニング、そしてキッチンは独立した間取りのようだ。

「あの、おかまいなく。すぐに帰ります」

理人はEDという秘密を誰にも言うなと、釘を刺したいだけではないのだろうか。もしかしたら悩みを打ち明けられるかもしれないが、お茶を飲みながらのんびり話せるようなことではない気がする。

ソファから立ち上がった知香は、隣室を覗いた。

ダイニングルームの椅子の背に、理人が脱いだ濃紺のジャケットがかけてある。その向こうにあるキッチンで、彼が佇んでいるのが見える。

密《ひそ》やかに流れてくるコーヒーの芳香を吸い込みながら、知香はキッチンに入った。

目を伏せた理人はドリップされるコーヒーを見つめている。

彼の長い睫毛が彩る端整な横顔と、白いシャツが目に焼きついた。

その光景が一枚の絵画のごとく美しく、清廉だった。

思わず見惚れていると、つと理人がこちらを向く。

「コーヒーを飲んでいけよ。少し酔ってるだろう」

「酔っていません」

「酔っ払いはみんなそう言う」

シンクの前に移動した理人は、ラックに手を伸ばしてコップを取り出す。

透明な水を注いだコップが、知香の前に差し出された。

「水を飲め」

「酔っていませんけど、せっかくなのでいただきます」

「頑固だな」

楽しげに笑う理人は、仕事のときとは違って、柔らかく見える。

なぜか彼の表情が気になり、目で追いながらコップを受け取る。

コップの縁に口をつける。清涼な水が喉を流れていくのが心地いい。

そんなに酔っているわけではないけれど、美味しくて一気に飲んでしまった。

「……ふう」

空のコップを下ろすと、理人はコーヒーカップを手に取ろうとした体勢のまま、こちらを凝視していた。

どうしたのだろう。

ふと、知香が瞬いたとき、彼の手が口元に伸ばされる。

熱い指先が、唇を掠《かす》めた。

水で冷えていたためか、理人の指は火傷《やけど》しそうなほどの熱さを感じる。

彼の体温が触れたことに、どきんと胸が弾んだ。

「あ……こぼれてました？」

「うん」

短く言った理人の指は、すぐに離れていく。

どうやら唇から水が垂れていたのを拭ってくれたらしい。

恥ずかしい……こぼれてたなんて……。

顔をうつむかせてコップをシンクに置き、口に手を当てる。

すると、理人はポケットを探った。

「そうだ。これを返そうと思っていたんだ」

ポケットから取り出されたものに、知香は目を瞬かせる。

それは新品のハンカチだった。

純白のハンカチの縁には繊細なレースが飾られており、ラッピングされている。

そういえば、咳込んだ理人にハンカチを貸したことがあったが、これはそのハンカチではない。知香のハンカチにはカモミールの花が刺繍されている。それは高校生のときに自分で刺繍したものだ。特別に大切にしていたわけではないが、自作なので見間違えようがない。

「これは……？　私が貸したハンカチではありませんけど」

「あのハンカチはクリーニングに出している。染みを取るのに時間がかかるらしく、まだ戻ってきていないんだ。だからこれを代わりに受け取ってくれ」

ずい、と胸元に差し出されたので、思わず手に取ってしまう。

「ありがとうございます」

せっかく理人が新品を買ってきてくれたのだから、ありがたく受け取っておこう。

理人さんからプレゼントをもらえるなんて……嬉しい。

彼としては借りたものの代用品という意味でくれたのだろうが、それでも嬉しかった。誕生日を祝ってもらえるような年齢はとうに過ぎているし、男性からプレゼントをもらうなんて初めてだったから。

ラッピングされたハンカチを両手で大切に抱える。

自分のハンカチを貸したことは忘れていたが、わざわざクリーニングにまで出してくれていたのだ。

理人はガラスポットの取っ手を持ち、ドリップされたコーヒーを白磁のカップに注ぐ。

深みのある香りがキッチンを満たした。

ふたつのカップを手にした理人がリビングに促す。

「座って話をしよう。知香に言っておかなければならないことがある」

「は、はい」

どきりとした知香は、理人とともにリビングへ戻った。

ソファの脇に置いていた自分のバッグにもらったハンカチをしまっていると、大理石のテーブルにふたつのカップが置かれる。

ふたりはソファに並んで座った。

あれ……なんだか距離が近いような？

先ほどのアフタヌーンティーのときより、理人が近づいている気がする。

ふたりの肩は触れ合うほどではないものの、コーヒーカップふたつ分くらいの隙間しかない。ソファが狭いからかというと、そういうわけでもない。大きなソファなので余裕は充分にある。

首を捻りつつも、知香はコーヒーカップを手にした。

「いただきます」

「どうぞ」

ドリップしたコーヒーの深みのある味わいを堪能する。

甘いものを食べたあとのコーヒーは格別に美味しく感じた。

だけど、これから理人と話す内容を考えると、きゅうっと心臓が縮む思いがする。

優美な所作でコーヒーを飲んだ理人は、カップを音もなくテーブルに戻す。

「ホテルで話したことの続きなんだが」

ぎくりとして、知香は手元を揺らす。

飴《あめ》色の水面が揺らぎ、カップからこぼれ落ちそうになる。

それを目にした理人が微苦笑をこぼしながら、やんわりと知香の手を押さえた。

「危ないぞ」

「す、すみません」

彼の大きな手に包み込まれて、心臓がどきどきと高鳴ってしまう。

これは緊張しているからだろうか。自分でもよくわからないけれど、嫌ではなかった。理人の手は大きくて頼もしさを感じる。

ゆっくりと握られた手を動かし、テーブルにカップを置く。

すっと彼の手が離れていったので、知香の鼓動は落ち着きを取り戻した。

なぜか感じてしまった物寂しさは見ないふりをする。

理人は神妙な顔をして語り出す。

「俺の秘密を知っていると、知香は言ったな？　それはもしかすると、あのことか」

「ええ……あの、ＥＤ……なんですよね。私は偏見はありませんし、誰にも言いませんから心配しないでください」

彼の自宅ではあるが、傷つけないよう小さな声で言う。

すると、理人は眉をひそめた。

「ＥＤ？　勃起不全のことか。俺についてのそういう噂があると、釈迦郡が言っていたな。くだらない話だから聞き流していた」

「私は釈迦郡先生から聞いたわけではありませんけど……くだらないというと、事実とはちょっと異なるんですか？」

「俺はEDではない。まったくのでたらめだ。そういえば告白を断ったら、EDなのかと嫌味を言ってきた看護師がいたな」

理人は明瞭に否定した。

どうやら彼がEDというのは、告白して断られた看護師が流した噂だったようだ。知香も告白の現場を見かけたことがあるくらい、たくさんの女性に彼は言い寄られている。いくら冷徹とはいえ、医師でイケメンの理人を女性が放っておくわけがない。中にはフラれた腹いせに嫌がらせをする人もいるのだろう。

理人はEDについて悩んでいたわけではなかった。

だけど、そうでないとしたら、彼の秘密とはなんなのか。

理人にはなんらかの思い当たることがあるようなそぶりだった。

秘密とは、誰かと交際しているだとか、そういうことだろうか。それとも別の、男性のコンプレックスなのか。

「それじゃあ、理人さんの秘密って、なんですか？」

聞いてはいけない気もするが、今しか訊ねる機会はないだろう。

理人を傷つけたいわけではないので、秘密の種類だけでも教えてほしいと思い、知香は勇気を出して質問した。

ところが理人は口端を引き上げ、悪辣な笑みを浮かべる。

「知りたいか？」

「……はい」

もったいぶる意図がわからないが、そんなことをされると余計に気になってしまう。

鳶色の双眸を近づけてくる理人に、緊張した知香は身を強張らせた。

「俺がＥＤではないというのは、信じたのか」

「理人さんがそうではないと言ったので信じますけど……」

さらに鳶色の瞳が迫ってきたので、知香は吸い込まれそうになる。

どうしてこんなに顔を近づけるのだろう。キスしてしまいそうだ。

思わず身を引くが、その分だけ理人は体を寄せてくる。

すぐにソファの端に背がついてしまう。

逃げ場を失った知香は、ごくりと唾を呑み込んだ。

腕を伸ばした理人はソファの背もたれに回す。

「体験してみないと、わからないよな」

「体験……？」

「秘密がなにか、俺をもっとよく知らないとわからないということだ」

彼はもう片方の手を、知香の顔の横につく。

完全に囲われた形になり、腕の檻《おり》に囚《とら》われてしまう。

動揺した知香は硬直して睫毛を瞬かせた。

「えっと……やっぱり、知らなくていいです」

「今さら逃げられると思うのか？」

「思いません……」

自分でもなにを言っているのかよくわからなくなる。

どきどきと鼓動が早鐘のごとく鳴り響いている。

フッと笑った理人が身を屈めた。

照明を背にしているので、彼の端整な面立ちが陰る。

チュッ、と唇を啄《ついば》まれた感触に呆然とした。

えっ、今、キスされた……？

キスするのが初めてなので、これがそうなのか一瞬わからなかった。

ぱちぱちと瞬きをしていると、少し顔を離した理人に覗き込まれる。

彼の双眸には情欲の欠片《かけら》がちりばめられていた。

どきん、と大きく心臓が跳ね上がる。

まるで猛禽類《もうきんるい》のような獰猛《どうもう》な気配を理人から感じた。

ぶるりと背が震えるのは恐怖を覚えたからではない。もしかして甘く淫らなことをされるのではという期待めいたものがよぎったから。

「キス……どうだ？」

「えっ、ど、どう……というと？」

あまりにも動揺しすぎて、まともに答えられない。

理人の端麗な顔は息がかかるくらい間近にある。少し顔を近づけたら、またすぐにキスしてしまいそうだ。

これって、どうしたらいいの……理人さんの睫毛……すごく長い……。

喰《く》われる寸前の兎《うさぎ》みたいに硬直している知香は、理人を見つめ返すことしかできない。

彼の長い睫毛がゆっくりと瞬き、薄く開いた唇から低い声音が紡がれた。

「かなり緊張してるようだが、俺とキスするのは嫌じゃないか？」

「え……嫌じゃありません」

すっと知香の口から素直な想いがこぼれ出る。

理人はなにを言っているのだろう。彼とキスするのが嫌なわけない。困惑はあるものの、彼への嫌悪感は微塵《みじん》もなかった。

もし本当に嫌だったら、マンションについてこないし、そもそも食事に誘わない。それどころか職場で彼に意見することすらしないだろう。

そう考えると、もしかしたら理人に初めから好意があったということになるのか。

だけど知香が思考をまとめている暇もなく、理人は顔を寄せてくる。

「そうか。それじゃあ、もう一回キスするぞ」

「はい、わかりまし……えっ？」

つい職場での癖で承知しかけたが、疑問を覚えたときにはすでに柔らかな唇が押し当てられていた。

今度は一瞬のキスではなく、まったりと唇を合わせるものだった。

混乱した知香は濃密なキスをされながら必死に考える。

これはキスだけで済むのだろうか。そもそも知香は未経験の処女なので、このあとの行為があるとしたら、具体的にどういうふうに進めるものなのかまるでわからない。

ぬるりと舌先で唇の合わせを割られる。

濡《ぬ》れた舌が口内に押し入り、怯《おび》える舌を搦《から》め捕られる。

粘膜を擦り合わせる感触に、びくりと肩が跳ね上がった。

「ふっ……んくっ」

初めて感じる感覚に驚いて、妙な声が出てしまう。

舌を引いた理人は、涙目になっている知香の顔をじっくり見ると、頬にくちづけを落とす。

優しいくちづけに似合わず、彼の口から強引な言葉が紡がれた。

「抱くぞ」

はっとした知香は思わず腕を上げて、強靭《きょうじん》な胸に手をつく。

まさかとは思ったが、やはり理人はそういうつもりなのだ。

「ちょっと待ってください」

「待たない。――が、言い分があるなら聞いてやる」

聞いてやると言いつつ、まったく聞く耳を持たなそうである。

大きな手が太腿《ふともも》に触れて、そろりとワンピースの裾を捲り上げた。

彼の熱が腿を這《は》い上がる感触に、どきどきと鼓動が駆けていく。

どうしてこんなことになるのかとか、恋人でもないのに関係を持ってしまっていいのかだとか、いろいろと確認したいことはあるのだけれど、ワンピースが捲られるまでの時間しかないと考えると、呑気《のんき》に話し合いをしていられないだろう。

知香はもっとも懸念していた自らのコンプレックスを打ち明ける。

「あの、私、処女なんです。まったく経験がなくて……だからどうしたらいいのかも、全然わからないんです」

「そうか。俺がすべて教えてやるから問題ない」

理人はあっさりと受け入れた。

処女だから嫌がられるかも……という不安は霧散した。

初めてだと知ったせいなのか、理人は太腿に触れていた手を止めると、もう片方の手を上げて、するりと知香の顔に滑らせる。

長い指が耳朶《みみたぶ》を掠めたことで、はっとなる。

もうひとつ、彼に打ち明けておきたいコンプレックスがあった。

あとから言ったのでは「なぜもっと早く報告しない」と、いつもの厳しい発言が飛んでくるのは必至である。

「すみません。もうひとつ不安材料があります」

「なんだ。手短に話せ」

どうにも職場でのやり取りのようになってしまうのだが、ほかにどう理人と話せばよいのかわからない。

彼の指先が耳朶を優しく撫でるのが、くすぐったい。その感触に首を竦めながら、とにかく報告しなければならないと思った知香は言った。

「耳のコンプレックスがあるんです。傷跡があるので、それが気になってました」

「見せてみろ」

知香は言われるがままに、髪を掻《か》き上げて右の耳を出す。

耳が熱いので赤くなっていないか気になるが、理人はいつも診察しているせいか、冷静な眼差しで観察していた。

「耳朶に古い傷跡があるな。怪我《けが》したのか？」

「覚えてないんですけど、そうみたいです。この傷跡のせいで、小学生のときに『結婚できないんじゃない？』とクラスの子に笑われて、すごく傷ついたんです」

ここですべてを明らかにするのが恋愛として正しいのかはわからない。

言ったあとで、傷があることで嫌われたらどうしようという焦りが湧き上がったが、もう遅かった。

私は、理人さんに嫌われたくないのかな……？

それともむしろ嫌われたほうが、セックスしなくて済むのだろうか。

行為を避けるための材料を、あえて知香は提示しているのか。こんな状況は初めてなので混乱してしまう。

だけど理人は常に適切に迅速に報告することをよしとしているので、これで正しいのだと信じることにする。

理人は指先で、ゆっくりと知香の耳朶をなぞる。

その感触に、ぞくりと背が粟立《あわだ》った。

「傷はもう治っているから問題ない。それに、傷があるから結婚できないという理論には因果関係がない」

「……そうですよね」

彼には嫌がるそぶりがなかったので、知香は安堵した。

知香はずっと気にしていたことだが、当然ながら理人は馬鹿になんてしないし、診察と同じように冷静に分析して見解を述べる。彼にそう言われると、こだわらなくてもいいのかなと思えた。傷ついた心が救われる気がする。

「過去の些細《ささい》な嫌がらせなんて気にすることはない。知香は結婚できるよ。こんなに可愛いんだからな」

可愛いなんて言われて、どきんと胸が弾んでしまう。

結婚できる……かな？

もしかして、そんなことを言うのは理人が知香と結婚してもよいと思っているからだろうかなんて期待が胸に湧く。

どきどきしながらそんなふうに考えていたとき、ぬるりと舌で耳朶を舐《な》められる。

びくん、と体を弾ませたとき、太腿に触れていた彼の手がいつの間にか付け根まで達していることを知った。

もう完全にスカートが捲れている。布地が寄せられているため、ショーツは隠れているが、素足が露出していて、ひどく卑猥な光景だった。

ど、どうしよう……。

理人はＥＤではないと言うし、知香が処女でも、耳に傷があっても彼は気にしていない。

もはや彼とのセックスを断る材料がなかった。

経験してみたいとは思っている。その相手が理人なら、断る理由はないように思えた。

だけど、私は理人さんのことを好きなのかな……？

これまでは仕事を通してしか付き合ってこなかったので、恋愛という意味では捉えたことがなかった。むしろ彼のことは苦手だと思っていた。

だから恋をしていいのかわからない。

恋してみようと思えば好きになれるものなのかも、わからなかった。

戸惑っていると、耳を舐めていた理人の唇が頬をなぞる。

チュッと唇を啄まれ、澄み切った鳶色の双眸で見つめられた。

「好きだ。だから抱きたい」

まっすぐに向けられた真摯な言葉に、迷いも戸惑いもほどけていく。

「私……理人さんに恋してもいいんですか?」

理人は深く頷いた。

彼の揺らぎのない眼差しが、知香の心の深いところまで浸透する。

「もちろんだ。俺を好きになれ」

膝裏に手をかけられ、体を掬い上げられる。

そのまま寝室に運ばれて、ベッドに下ろされた。

すぐに強靱な体躯《たいく》が覆いかぶさってきて、知香の体は広い胸にすっぽりと収まる。

どきどきと心臓が高鳴り、掴《つか》むものを求めて必死に彼のシャツに縋《すが》りつく。

ワンピースを脱がしながら、理人は微苦笑をこぼした。

「服を脱がせるから、少し手を離せ」

「は、はいっ……」

緊張のあまり上擦った声が出てしまう。

ワンピースだけでなく、キャミソールの紐《ひも》を外される。

これから彼に抱かれるという期待と焦燥みたいなものが綯《な》い交ぜになり、体が熱くなった。

「あの……自分で脱ぎます」

「俺に任せて。脱がせたいんだ」

端麗な笑みを浮かべた理人は、まるで特上のプレゼントのリボンをほどくかのように、丁寧にキャミソールを脱がせ、ブラジャーを外して、ショーツを引き下ろす。

一糸まとわぬ姿になると、炙《あぶ》るような眼差しで肌を見つめられる。

「すごく、綺麗だ」

「……恥ずかしい」

自信のある体でもないのに、そんなにじっくり見られたら恥ずかしくてたまらない。

だけど隠そうとすると、理人はその手を搦め捕った。

指を掬った彼が、つないだ知香の手をシーツに縫い止める。脚の間に膝を割り込まれ、両脚も大きく広げられた。まるで標本の蝶《ちょう》のように、裸の体がベッドにさらされている。

「あっ……やだ、理人さん……」

知香の胸の尖りも、下生えも露《あら》わになっている。

羞恥で肌が火照ってしまう。

理人の鳶色の瞳は情欲を帯びていた。

宥めるかのように雄々しい唇が降ってきて、瞼や鼻先に優しくキスされる。

「優しくするから」

「……ん」

返事は唇へのくちづけに呑み込まれた。

いつもは冷徹なのに、彼の愛撫《あいぶ》は濃密で、情熱的だった。初心な体は丹念に蕩かされていく。

理人は愛撫を施しながら自らも服を脱ぎ捨て、裸身をさらす。

まるで神が造形したかのような逞《たくま》しい体に、夢中で縋りついた。

やがて獰猛な彼の中心で体内を貫かれる。

「痛いか？」

もはや返事をする余裕もなく、知香は首を左右に振る。

ぎゅっと、つないだ手を握ると、きつく握り返された。彼のぬくもりに安堵を得る。

ぴたりと肌を合わせて、揺さぶられながら、耳元に囁《ささや》かれる。

「好きだ」

甘くて低い声が体の奥深くまで染み込んだ。

彼に愛され、求められて、嬉しい。

破瓜《はか》の痛みとともに至上の喜びを感じて、眦から涙がこぼれ落ちる。

「わ、たし……も……」

懸命に応えて、情欲を受け止める。

理人に甘く優しく抱かれて、夜は更けていった。

◆

すうすうと安らかな寝息を立てている知香を、腕枕をした理人は鳶色の双眸で眺めていた。

つい、想いが昂《たかぶ》りすぎて、勢いに任せて抱き潰してしまった。

知香は初めてだったにもかかわらず、必死に応えようとしてくれた。

だが、些《いささ》か強引に抱いたことは否めない。

理人としても「秘密を知っている」と言われて動揺した。

本当の秘密は、ずっと片思いしている人がいるというものだ。無論、その相手とは知香のことである。

それを誰にも打ち明けたことはない。もちろん知香自身にも秘密にしていたので、知らないはずだった。

知香のオペを執刀する前までは、医師としての覚悟が定まっていなかった。オペ室に踏み入れた足がわずかに震えるのだ。それは新人なら誰しもあるものなのかは不明だった。メスを握れないのならオペを担当する医師として失格である。誰にも相談できずにいた理人は悩んでいた。

だが、知香のオペのとき、その迷いは微塵もなかった。

不思議なことに、すべてが見通せるような感覚が湧いたのだ。

それが自信がついたということなのだと確信したのは、術後に知香の笑顔を見たときだった。

『ありがとうございました。私、看護学校を卒業したら、先生の傍で働きたいです！』

――この笑顔を見るために、俺は医者になった。

理人の迷いを払拭してくれた知香に、そのとき心を奪われた。もちろん患者なのでアプローチはできなかったが。

だが再会してからも想いを伝えることはできなかった。職場で保ってきた顔を崩すのは難しい。知香だけに愛想よく振る舞うのもおかしいだろうし、そもそも使い分けるような器用な真似《まね》は理人にはできない。

冷徹で傲慢な外科医――。

彼女が理人に抱いている印象はそれでしかないだろう。普段の理人の態度を鑑みれば、恋愛対象としては考えられないかもしれない。

彼女は屋上で理人のことを「尊敬はしている」と言っていた。ということは、好意はないと言っているのも同然である。

では、釈迦郡はどうか。

知香は釈迦郡を好きなのか。

そういった話はしたことがないので、まるで読み取れない。

本人に直接訊ねるわけにもいかなかった。

釈迦郡が知香に気があるようなことを聞いたときは、腹の底が煮えた。彼に知香を奪われると仮定すると、理人はとても祝福できない。

それほど好きなのだと気づいた。

ほかの女性を受けつけられないので、告白してきた看護師を冷たく断ったこともあり、EDなどという噂が回ってしまったのだろうが、知香がそれを確認してきたときはチャンスだと思った。

セックスさえすれば、EDの疑いは払拭できる。

好意を持っているという自分の気持ちも、はっきり示せるだろう。

だが、お互いの気持ちを確認するのと誤解を解くのを、きちんとこなす前に体の関係を持ってしまった。

これはどのように軌道修正するべきか。

好きだと伝えてセックスしたのだから、恋人ということでよいのではないか。抱かれているときの知香には、嫌悪は見られなかった。

オペとは勝手が違うので今ひとつ掴めないが、問題はないはずである。

やっと手に入れた……。

その感慨で胸が満たされるが、ふと、知香が理人のことを、どう思っているのか気になった。

私も好き、とは言われていないが、交際しているうちに好きだと思ってくれるのではないだろうか。

可愛らしい寝顔に吸い寄せられるように、こめかみにくちづける。

「大切にするからな」

知香の睫毛がふるりと震えた。

愛《いと》しさを覚えた理人は、腕に覚える重みを噛みしめた。

第四章　妊娠発覚

午後の病棟は静かな空気に包まれている。

検査を終えた患者を迎えに行った知香は、車椅子を押して病室へ向かった。

ベッドに横になった患者を見届けて「なにかあったらナースコールを押してくださいね」と声をかけてから、畳んだ車椅子を所定の位置に戻す。

緊急手術した遠藤は無事に退院していった。外科病棟の患者は一か月もすると、ほとんどが入れ替わっている。

ふう、と一息ついてスタッフステーションへ戻る。

理人とアフタヌーンティーへ行ってから、一か月が過ぎていた。

彼のマンションで体を重ねてしまい、目覚めたときは事態を把握できず、慌てて帰宅した。

だけどその後も理人は冷静に話しかけてきたので、知香も職場ではどうにか平静を保っている。

あれはどういう流れで、あんなことになったんだろう……。

理人がEDという噂は、身をもって間違いだったと知ったが、彼はそれを証明するために知香を抱いたのだろうか。

そんな話をしたような気もするし、EDではなく、ほかの秘密があるようなことも言っていた。彼から「好きだ」とも言われた。

知香の脳内では情報が錯綜《さくそう》していて、未だに整理できていない。

ただ、ふたりは恋人ではない。

理人からきちんと告白されていないし、知香のほうからも確認しなかった。

この関係に名前をつけるべきではないと、頭の片隅が警告していた。

それは理人とのその後の関係により、そのように感じていた。

廊下の向こうから、紺のスクラブを着ている理人が颯爽とやってくるのを目にする。

どきりとした知香は、うつむいてそのまま通り過ぎようとした。

だが、すれ違いざま、低い声が耳元に吹き込まれる。

「今夜、いいな?」

はっとした知香が曖昧に頷いたときには、もう彼の背は廊下の向こうに去っていた。

初めて体を重ねた日から、こうして週に二日ほど理人に呼び出されている。

もちろんふたりの仕事がないのを見計らっているので、知香に断る理由はない。

今日も、あるんだ……。

どきどきしながら業務を終えると、知香はこっそり地下の駐車場へ向かった。

そこで待ち合わせをするのが、ふたりの約束になっている。

理人はすでに自分の車に乗り、待っていた。足早に駆けつけた知香は黒塗りの高級車のドアを開ける。

「お待たせしました」

「早く乗れ」

知香が助手席に乗り込むと、車は音もなく滑り出す。

なんだか秘密の関係みたいで緊張した。

理人とこういう間柄になっていることは誰にも打ち明けていない。

宵闇の降りている車窓を眺めていると、すぐに理人のマンションに辿り着いた。

マンションの地下駐車場から、エレベーターで最上階へ上がる。

ウィーン……と、無機質な音が鳴り響く箱の中で、ふたりは正面を向いて並んだ。

階数の表示を見つめていると、不意に理人が口を開く。

「今夜はパスタにしよう。いいオリーブオイルが手に入ったんだ」

「楽しみです。私もお手伝いしますね」

理人は料理が得意なので、いつも手料理を披露してくれる。ふたりで外食したことはない。アフタヌーンティーへ行ったのが最初で最後だった。

もしかして、外食をしないのは、ふたりでいるところを誰かに見られたくないからだろうか。

そんな考えが頭を掠めてしまい、慌てて打ち消した。

理人は仕事で疲れているのに、わざわざ手料理を作ってくれるのだ。それなのに、ひねくれた見方をするなんていけない。

そもそも、マンションで食事をするとゆっくりできる。それは、とあることでも都合がよかった。知香にはマンションで過ごす理由が、よくわかっていた。

エレベーターを降り、もう何度も訪れた理人の家に入る。

知香が玄関に足を踏み入れると、後ろで理人が扉を閉めた。

ガチャンと施錠の音が鳴った瞬間、背後から強靱な腕に抱きすくめられる。

「あっ……」

耳元に熱い息が吹きかけられる。

きつく体を抱きしめられて、男の腕の中に囚われる。

大きなてのひらがいやらしい手つきで服の上から胸を揉《も》みしだく。もう片方の手はスカートに伸び、股を擦り上げた。

性急な愛撫に戸惑うとともに官能が高まっていく。

「あの、理人さん……！」

「我慢できない。今すぐにここで抱きたい」

「え、ここで……？」

いつも理人のベッドで抱かれているけれど、それ以外の場所で愛し合うのは初めてだった。

背後に立った理人が前に回した手で、着々と服を脱がしていく。

ブラウスの釦《ボタン》を外されて、スカートを引き下ろされ、ブラウスごとキャミソールを剥ぎ取られる。

下着姿にされてしまい、羞恥で顔が熱くなる。いくら屋内とはいえ、玄関で裸同然の格好になるなんて、普段ならありえないことだった。

けれど、どんな淫らなことをするのだろうという期待も胸に湧く。

大きな手で頤《おとがい》を掬い上げられ、後ろを向かされる。

濃密なくちづけが降ってきて、思わず知香は頑健な背にしがみついた。

キスに夢中になっているうちに、ブラジャーのホックを外される。

ショーツも引き下ろされて、一糸まとわぬ姿になる。ただ、靴を履いているだけだった。

「こんなの、恥ずかしい……」

「すごく可愛いよ」

理人の唇が肌の至るところにくちづけていく。

羞恥を煽られながら愛撫を施され、後ろから獰猛な中心で貫かれた。

ふと目を覚ました知香は、熱い腕の中に抱き込まれていることに気づく。

玄関でセックスしたあと、理人にベッドに連れていかれて、また執拗に求められた。

彼の欲望に応えているうちに、いつの間にか眠ってしまったらしい。

寝室には橙色《だいだい》のライトが点《とも》り、ぼんやりと陰影を形作っている。闇が濃いので、まだ朝は遠いのだとわかった。

時計を見ようとして、身を起こす。

すると強靭な腕が絡みついてきて、ベッドに引き戻された。

「あっ」

頑健な胸板に顔を押しつける格好になった知香は逃れようともがく。

「離して、理人さん」

「ダメだ。ずっと俺の腕の中にいるんだ」

執着が強い理人はマンションに着いた途端、知香を離そうとしない。それは初めて関係を持った日から、日増しに強まっていた。

理人さんって、こんなに独占欲が強かったんだ……。

仕事以外のなににも興味がないような鉄仮面なのに、意外である。だけどそれも、冷徹ゆえの裏返しなのかもしれない。

理人の執着を心地よく感じながらも、布団の中で脚をずらす。足から抜け出してベッドを下りようとするが、長い脚で搦め捕られてしまった。両手と両脚が絡みつき、ぎゅうっと抱きしめられる。

「ちょっと、理人さん、動けないんですけど」

「もう一回セックスしよう。まだ知香が補充できていない」

「えっ、だって、さっきあんなにしたのに……」

「全然足りない。ずっと我慢してたんだ」

知香がもがくほど拘束はきつくなる。

チュッ、チュッと顔中にキスされて、思わず笑いがこぼれた。

「ふふ。くすぐったい」

「体の全部にキスするぞ」

ベッドで戯れるのは心地よくて、身も心もほぐれた。情事のあとの気怠《けだる》さごと、彼の体温が包み込む。

理人は強引で執拗ではあるものの、知香が嫌がることは一切しないし、甘く優しく溺愛してくる。

だけど彼にはEDではない、なんらかの秘密があるようだが、それはなんだろうと、ふと気になった。結局、秘密がなんだったのか、未だに教えてもらっていない。

「……そういえば、理人さんの秘密って、なんだったんですか？」

「ん？」

チュッと唇を啄んだ理人は、大きなてのひらを知香の背に滑らせる。

「初めに言ってましたよね。EDは誤解で、それとは別に秘密があるって」

「……あぁ、その話か」

まるですっかり忘れていたかのように、睫毛を瞬かせた理人は言い淀《よど》む。

彼と関係を持ってみても、秘密がなにかはさっぱりわからなかった。いわゆるサディストのような極端なプレイをするわけではないし、男性のコンプレックスを抱えているようでもない。

だけど先ほどのように玄関でセックスしたり、ほかにも恥ずかしい体位をさせたりということがあるので、そういう意味では意地悪だから、サディストの一片に入るのかもしれない。

理人は背を撫でながら、どう言おうか迷っているようなので、知香が代わりに言った。

「恥ずかしいことするから……もしかして、少しサディスト——プチサディストってことですか？」

「そうそれ」

プチサディストという言葉が存在するのかは知らないが、理人は即答した。

知香は理人しか知らないので、果たして彼がそれに当てはまるかはよくわからないのだけれど、秘密とはそういうことだったらしい。

なんだか腑に落ちないものはあるが、強引なところも彼の魅力のひとつだと思った。

ところが、理人の唇が鎖骨を伝い下りていったとき、ぐうと知香の腹が鳴る。

「あっ……」

恥ずかしくて、顔が熱くなる。仕事のあと、なにも食べないでずっとセックスしていたので空腹だった。

顔を上げた理人は、くすっと笑う。

「腹が空いたよな。パスタを作ろう」

チュッと鼻先にキスを落とした理人は、名残惜しそうに抱擁を解く。

彼はシャツを手にすると、知香の肩にそれを着せかけた。

「これを着て」

「ブカブカです……」

「裸のまま歩かせられない。風邪を引くだろう」

丁寧に釦を嵌《は》められて、また額にキスされる。

彼に大切にされているという実感が胸に湧いた。

秘密の関係かもしれないけれど、理人は知香をぞんざいに扱ったりしない。まるで宝石箱にしまった稀少《きしょう》な宝玉みたいに愛《め》でてくれる。

ベッドを下りた理人が背中を見せてクローゼットを開けている。

背の筋肉が綺麗についていて、思わず見惚れた。

抱かれているときに彼の強靱な背に手を回しているので、この筋肉がいかに隆々と動くか知っている。

彼がスウェットに着替えているのを横目にしながら、知香もベッドを下りる。

知香の服は脱ぎ捨てたまま玄関に撒き散らされているので、拾いに向かった。

長いシャツの裾が太腿を、さわりと擦《こす》るのが気持ちよかった。彼のシャツはいい匂いがする。知香は袖口を鼻先に近づけて、すんと匂いを嗅いだ。

理人の匂いだった。抱かれているときに、くっついているからよくわかる。

陶然とした知香は、彼の香りに包まれながら廊下を歩いた。

玄関へ行き、脱ぎ捨てられた服や下着を掻き集める。激しい情交の後始末をしていると、彼とのセックスを思い出してしまい、また顔が熱くなった。

「理人さんってば、あんなに激しくするんだから……」

困りつつも、それほど彼に愛されているのだと思うと、嬉しくて頬が綻ぶ。

彼に着せてもらったシャツを脱ぎたくなくて、ショーツとスカートだけを穿《は》いた。

上着を寝室に置いてからキッチンへ行くと、グレーのスウェットに着替えた理人は調理を始めている。

たっぷりの水を張った鍋に、ストッカーから取り出した塩を投入する。こなれた仕草が格好良くて、つい見つめてしまう。

知香も手伝おうと、食器棚からパスタ皿を取り出す。

つと振り向いた理人は、長い腕を伸ばして知香の腰を引き寄せた。

上半身には薄いシャツ一枚しかまとっていないので、彼の手の感触が肌に伝わり、どきんと胸が弾む。

「俺のシャツを着てると、煽られるな」

シャツ越しに背中を撫でられながら、耳朶にくちづけられる。

理人は耳にキスするのを好み、いつも知香の傷跡に唇を寄せていた。

コンプレックスだった耳の傷だけれど、彼が気に入っているのかなと思うと、なぜか誇らしく感じてくる。

チュッ、チュッと耳朶を啄んでいる理人が舌を這わせてきたので、知香は腕を上げて軽く肩を押し戻した。

「もう。理人さんったら、鍋が沸騰しますよ」

「そうだな……。とりあえず食べてからにするか」

チュウッ……と耳朶に吸いついた理人はようやく唇を離す。

食べてからということは、そのあとにまた抱かれるのだろうか。

嬉しいけれど恥ずかしくて、顔が赤くなってしまう。

やがて沸騰した鍋にパスタを捩《ねじ》りながら入れる。綺麗に広がったパスタを、理人は菜箸で掻き混ぜた。

「知香、これ混ぜて。俺はソースを作るから」

「わかりました」

菜箸を受け取り、パスタが焦げつかないように混ぜる。

理人はまな板で手早く玉葱《たまねぎ》とベーコンを刻んだ。フライパンにオリーブオイルを投入すると、香ばしい匂いが漂う。

新品のオリーブオイルを手にした理人が、つとこちらを見た。

「あのさ」

「はい？」

混ぜ方に不手際があっただろうか。

そう思った知香は思わず鍋と理人を見比べた。

彼は流れるような手つきでベーコンと玉葱を炒《いた》める。

「着替えとか、身の回りのものとか、うちに置いていいから」

「えっ……？」

知香の菜箸を持つ手が止まる。

理人は華麗にフライパンを揺すりながら、何気なく言った。

「いろいろ入り用だろ？　歯ブラシとかね」

「そうですけど……」

初めは歯ブラシや着替えなどを持ってきていないまま、お泊まりをすることもあったので、理人から借りていた。今は予備のものをバッグに忍ばせているので、いつ泊まってもいいように用意している。

そしてそれを知香は逐一、持ち帰っていた。

理人は綺麗好きで、部屋はいつも整っているから、知香の私物を勝手に置いていったら迷惑だろう。次回使うことになっても、また持ってくれば済むことだ。

そう思っていたけれど、理人は私物を置いていいという。

もしかして、それって、恋人だからっていうことかな……？

どきどきして、ぐるぐると菜箸を回してしまう。

理人とは、まだはっきり恋人という関係になっていなかった。

というより、どこからが恋人なのか、知香にはわからない。体を重ねたからすなわち恋人であるとは言えないというのは、知香は承知していた。

理人に遊びだと言われたら、それまでだからだ。

将来性のある医師は教授の令嬢と結婚して出世コースにのるというセオリーがある

らしい。もし理人が出世を望んでいるとしたら、一介の看護師でしかない知香と結婚するという選択肢はない。出世を捨ててまで選ばれる価値が自分にあるとも思えなかった。せいぜい、結婚するまでの遊び相手だろう。

そうやって医師とセフレになっている看護師の話を小耳に挟んでいるので、知香は自分もそういう立ち位置なのだと思っていた。

だから、理人と恋人になって結婚して……なんていう夢を見られなかった。

なおさら理人に「私たち、恋人なんですか?」などと聞けない。

彼の仕事での辣腕ぶりを鑑みたら、知香が恋人や妻の座を望むなんて、おこがましいだろう。

恋人なのかもしれないと浮上しかけた気持ちが沈んでいく。

たとえセフレであっても、私物を置いてもよいくらいは言うのかもしれない。知香は誰とも交際したことがないので、その辺りの線引きがどうなっているのかなど判断できなかった。もっとも、ほかの誰かと理人を比べようなんて思わないけれど。

セフレでもよかった。理人の傍にいたい。

関係を明確にして、彼に嫌がられたくなかった。

そう思った知香は、自分の心境の変化に驚く。

これまでは理人に対して物申せたのに、関係を持ってからは遠慮して言えなくなっている。もっとも仕事とは違い、プライベートなことなので、当然といえばそうかもしれないけれど。

こんなに悩むことになるなんて、思わなかったな……。

黙り込んだ知香を、理人は気遣わしげに見やる。

「なにか気になることがあるのか？」

「えっ、いいえ、そういうわけじゃないです」

慌てて答えると、理人は安堵したように目元を緩めた。

「よかった。なにも心配させたくないんだ。——好きだよ」

その瞬間、すべての時間が止まる。

惹かれ合ったふたりはキスをした。

理人の唇は雄々しくて甘くて、極上のくちづけだった。

好き——。私も理人さんが、好き……。

胸の奥から恋情が湧き上がる。

理人への恋心を、はっきりと自覚した。好きでなければ、抱かれたりしない。流されているからではなく、知香は自分の意思で、理人に抱かれるのを望んだのだった。

仕事では冷徹なのに、ふたりきりのときは甘やかして優しく愛してくれる彼に心まで蕩けてしまう。そんな理人のギャップにも胸がときめいた。

戯れていると料理を焦がしそうになってしまったが、アマトリチャーナのパスタは無事に出来上がる。

ダイニングで食事をしたあとは、すぐにまたベッドに連れ去られて愛撫が始まる。

理人に愛されるのは心地よくて、ぐずぐずに体が蕩けてしまう。

今だけはなにも考えず、彼に抱かれていたかった。

情熱的に抱き合い、知香は体の奥で理人の欲を受け止めた。

理人との関係をはっきりさせられないまま、逢瀬《おうせ》が重ねられていった。

知香は歯ブラシだけを理人の家に置いていて、私物を増やすことはしなかった。

いつでも理人から「遊びの関係だ」と告げられてもいいように、準備をしていようと思ったからだ。

その一方で、彼に恋人として求められるのも期待している自分がいた。

なぜなら、理人はほかの誰をもマンションに連れてきていない。それは彼と過ごしていてわかる。

理人は知香だけを情熱的に愛してくれている。

今まではおぼろげな遠い夢でしかなかった結婚が、こうして好きな人ができてからは、きちんと実感を持った夢になった。確かな未来があるのだと思えた。このまま愛情を育んでいけたなら、いずれは理人と将来を見据えた話ができるのではないか。

彼と結婚できるかもしれない――。

その希望が持てるのは、理人が右耳の傷跡を見たときに、長年のコンプレックスを覆してくれたからだ。彼は「結婚できるよ」と言ってくれた。

ほんの些細な一言かもしれないけれど、たったそれだけで知香は救われたのだ。

好きな人と結婚できる未来があると思うと、ふわりと心が軽くなる。

もしも理人が明確に恋人だと宣言してくれたら、ふたりは公の間柄になれる。

だけどそんな機会はないままだった。

いつも理人と駐車場で待ち合わせをして彼のマンションへ行っているので、目撃されているのではと思うものの、誰からも指摘されることはなかった。

噂になっては、理人が困るかもしれない。

あえて公言したら彼の仕事に差し障るかもしれないし、遊びの関係だとしたらなおさら職場で広まってはいけないだろう。

だから知香は決して理人と特別な関係であると誰にも言わなかったし、院内でも看護師として今までどおり接している。

とある日の朝、ラウンドを終えた知香を、理人が呼び止めた。

「倉木、一緒に小児科病棟に来てくれ」

「はい」

理人のほうも、知香を特別扱いするようなことはなく、仕事では相変わらずの冷徹ぶりだった。

仕事なのだからそれでいいと思う。

ふたりはエレベーターで別の階の小児科病棟へ向かった。

理人が主治医になった小児患者を診察するためだが、小さな子は泣きわめいてしまうことも多々あるので、看護師が付き添って宥めるのは必須だ。

病棟にはすでに子どもたちの泣き声が響き渡っていた。

理人は病室に入ると、ベッドのひとつに近づく。

ベッドには五歳くらいの男の子が横たわっていた。手の甲に点滴の針を刺しているので、シーネ固定されている。

点滴で相当暴れたのか、男の子は涙目になっていて、着ているパジャマがよれていた。

「こんにちは、ゆうとくん。ちょっと先生にお腹《なか》を見せてもらってもいいかな」

白衣の理人にそう言われた途端、はっとした男の子は泣き出した。

「うわぁ～、いやだ！　ちゅうしゃ、いやだぁ！」

ベッドにはガードが立てられているが、暴れると危ない。

知香は男の子の肩をやんわりと押さえて宥めた。

「注射じゃないよ。お腹を見るだけだから、すぐに終わるからね」

素早くパジャマを捲《まく》り、胸部を出す。

胸の部分に聴診器を当てた理人は、軽く頷いた。

異常はないようだ。知香はパジャマをもとに戻し、ぽんと腹に手を当てる。

「はい、おしまい。ゆうとくん、がんばったね」

ところが泣いたことで火がついたらしく、男の子はさらにわめき出す。

「いたい！　とって、とって！」

点滴の針を取ろうとして、左手を固定しているテープを剥がそうとする。

知香は彼の右手を押さえて、ぎゅっと手を握った。

「取ったらダメだよ。先生がいいよって言ったら取れるからね。我慢しよう」

騒ぎを聞きつけた小児科の看護師が駆けつける。

「すみません、別件で手が離せなかったものですから。――ゆうとくん、もう泣かないって約束したよね」

担当の看護師に宥められると、男の子は涙を流しながらも落ち着きを取り戻した。

小さな子にとっては注射すら恐怖を感じるのに、針を刺している状態を保つ点滴はかなりの苦痛を伴う。しかも入院してストレスが溜《た》まっているので、なおさら不安が募ってしまうのだろう。

知香は子どもが好きなのもあり、治療や手術に懸命に耐えている子どもたちに、できるだけ優しく接してあげたいと思っていた。

理人とともに病室を出ると、彼は嘆息を漏らす。

「子どもは好きじゃない」

小さくつぶやかれたその言葉に、知香の背を冷たいものが這う。

理人は子どもが苦手なのだ。

そっか……理人さんは私とは違うんだな……。

もしも彼と結婚して子どもができたら、なんて考えたこともあったから、少なからずショックを受けてしまう。

もちろん理人からはなにも言われていないので、知香が先走っているだけだ。

ふたりは結婚どころか、恋人ですらないのだから。

エレベーターに乗り込むと、知香は何気ないふりをして言った。

「小さい子だと診察のとき大変ですよね」

なぜか声が強張ってしまう。

理人は不機嫌そうに双眸を細めていた。

「あの子に限らないが、大泣きして暴れるから困る。倉木も宥めようとして余計なことを言うな」

「……といいますと？」

「先生が許可すれば点滴を外せる、という餌を与えるな。手術を控えている小児患者には、そんなことを約束できない」

「……すみませんでした」

希望を与えようとして言ったことが、逆に理人の迷惑になってしまった。

考えてみれば、あの子の退院がいつになるのか、知香には予想できない。いずれ点滴は外されるだろうけれど、今日か明日という話ではないのだ。これから手術なのだから先は長いだろう。それなのに主治医である理人がどうにかしてくれると、責任を転嫁してはいけなかった。

理屈はわかっている。

だけどふたりの関係が変わっても理人は変わらないのに、なぜか知香は言い返せなくなっていた。今回の件も担当ではないのに突然連れて行かれて、その時点でなんらかを言い返してもよかったのに、どうしてなにも言えなかったのだろう。

理人に遠慮しているのだろうか。こんなの自分らしくないとわかっているのに、胸が塞がったように重苦しい。

意識しているのは知香だけなのかもしれない。佐久間には好きな人ができたら明るくなれると言ったくせに、実際にはそうなれていない。

好きなのに、どうしてうまくいかないんだろう……。

しゅんとして肩を落とすと、エレベーターの到着音が鳴る。

医局のある階に止まった。

つと理人がこちらを見たが、扉が開く。何人かの医師が待っていたので、理人はふいと視線を外し、歩を進めた。

「それじゃ」

「お疲れ様でした」

如才ない挨拶を交わす。

知香は心の中でこっそり落胆した。

理人が叱責するのはいつものことだし、今のは知香の対応が悪かったので、指摘されるのはごく当然のことだ。

それはわかっているのに、なんだか気分が悪くて、胸がむかむかした。

六階でエレベーターを降りた知香は、トイレに駆け込む。

吐き気が込み上げてきたけれど、嘔吐《おうと》まではしなかった。

近頃体調が悪いことが多い。一体どうしたのだろう。疲れているのかもしれない。

トイレを出てスタッフステーションへ戻ると、こちらを見た佐久間が驚いた顔をした。

「倉木さん、どうしたんですか？　顔色が真っ青です」

「え……そんなに？　今、トイレに行って吐きそうになったんだけど、なんだか体調が悪いんだよね……」

「ちょっと座ったほうがいいですよ」

佐久間に促されて椅子に腰を下ろす。

熱を測ってみたが、平熱だった。念のため感染症の抗原《こうげん》検査を行ってみたが陰性だ。

血圧と酸素濃度も測定した佐久間は、パルスオキシメータの数値を見ながらつぶやく。

「正常値ですね……。吐き気のほかに症状はありますか？」

「うーん……お腹が痛いときがあるかな。今は大丈夫だけど」

「もしかして、妊娠の可能性ありますか？」

「……えっ」

目を見開いた知香は、呆然とした。

妊娠――。

その可能性はある。

理人の情熱を受け止めているからだ。

だけどふたりの関係を公にしているわけでもないので、もしも妊娠したら困ることになる。

慌てた知香は大仰に手を振った。

「あはは、まさか！　それはないよ。彼氏すらいないしね」

「だとすると、疲れですかね」

「たぶん、そうかな。もう気分がよくなってきたから、業務に戻るね」

「無理しないでくださいね」

心配する佐久間に頷きを返す。

事務局へ提出するファイルを手にして、ぎくしゃくしながら廊下を歩く。知香の笑みは引きつっていた。

そういえば、今月の月経がまだ来ていないことに気づく。

遅れているだけだと思っていたけれど、まさか――。

「倉木さん」

「はいっ」

呼び止められて、びくりとする。

振り返ると、そこには瞠目した釈迦郡がいた。

「あっ……釈迦郡先生、失礼しました」

「いや、突然声をかけてごめん。事務局に行くの？」

釈迦郡は自らが手にしているファイルを掲げた。

一瞬、理人かと思ったが、そんなわけはない。先ほど医局へ戻ったばかりなのだから。

むしろ今、理人に会ったら、どんな顔をしたらいいかわからない。別人だったので知香は安堵した。

ほっとして、釈迦郡に手を差し出す。

「はい。事務局に持っていく書類でしたら、お預かりしますよ」

「ううん、いいよ。一緒に行こうか」

釈迦郡が隣に並んだので、ともに歩き出す。

妊娠かどうかはのちほど調べるとして、仕事中はそれについて考えないようにしよう。

気持ちを切り替えた知香は釈迦郡とともに事務局へ向かい、ファイルを提出した。

患者に関する書類をやり取りすることがあるので、事務局へ赴くのは頻繁にある。

提出を終えたらすぐにスタッフステーションに戻るため、エレベーターに乗る。

すると、ふと釈迦郡が話しかけてきた。

「そうだ。休憩のときに、ちょっと時間をもらってもいいかな?」

「いいですよ。お手伝いですか?」

「まあ、あとで」

なにか手伝ってほしいことがあるようだ。

軽く手を上げた釈迦郡はエレベーターを降りると、医局へ戻っていく。

もう吐き気は治まっていたので、やはり疲れからくるものだろうと思えた。

「心労かな……」

誰もいない箱の中で、知香はぽつりとつぶやく。

理人とのことで悩んではいる。

好きなのに苦しい。彼の迷惑になりたくないので、好きと言えなかった。関係が曖昧なのも心が重い。そういった想いをぶつけられないから、心労が重なってしまうのかもしれない。

愛されて嬉しいのに、ふとしたときに寂しさを覚えてしまう。しかも、理人が子どもを好きではないと知ったから、なおさらだった。

彼はただ子どもが苦手と言っただけなのに、まるで知香との将来を否定されたかのように感じてしまうのは、気持ちがナーバスになっているせいだろうか。

「いけない。仕事中は考えないようにしないと」

気を取り直した知香は、頬を擦って血流を送った。

ナースコールに対応して、昼食の配膳をしているうちに、休憩の時間になる。

知香は佐久間と交代して、昼の休憩に入った。

そういえば、釈迦郡が頼みたいことがあるようだったが、なんだろう。

休憩室で持参した弁当を開けるが、なんだか食欲が湧かなかった。少しだけ食べて、水筒の麦茶を飲む。弁当をしまい終えたとき、ちょうど釈迦郡が顔を出した。

「倉木さん。今、大丈夫？」

「はい、平気です」

「移動しようか。屋上に行こう」

手伝いではなく、話でもあるのだろうか。

知香は釈迦郡とともに屋上への階段を上る。

外へ出ると冷たい風が吹きつけてきて、ぶるりと震える。

曇天のためか肌寒かった。もう冬のような気配が忍び寄っている。

とても景色を眺める気にはなれない。

知香は早く戻りたいと思い、出入り口の傍に立って切り出した。

「なにか、お話があるんですか？」

「うん。……倉木さんは、付き合ってる人はいるの？」

釈迦郡の質問に、どきりとする。

思いがけない内容だったので動揺した。

なぜそんなことを訊ねるのだろう。

理人と一緒に帰るところを見られたのだろうか。

不倫ではないので問題はないわけだが、堂々と理人と付き合っていると言うわけにもいかなかった。

「えっと……どうしてそんなことを聞くんですか？」

問いかけに答えられない知香は、うつむいて訊ねる。

釈迦郡の意図を知りたかった。もし、理人に不利なことでも言われたらどうしようと焦りが募る。

知香に向き合った釈迦郡は、明瞭に言い切った。

「僕と付き合ってくれないか？」

「……えっ？」

目を瞬かせた知香は首を傾げる。

誰が、と言いそうになった。

釈迦郡はまっすぐに知香を見つめている。その真摯な双眸に、彼は知香に告白しているのだと理解した。

「倉木さんの一生懸命な姿を前から見ていて、好感を持っていたんだ。僕だったら、きみを大切にする。もちろん一時的なものじゃなく、結婚を前提にした交際だと周囲に明らかにするよ」

知香は呼吸を止めた。

釈迦郡の台詞は、理人と知香が秘密の恋人である前提で語られていたからだ。

彼はふたりの関係を知っている。そう確信した。おそらく駐車場で目撃したということかもしれないが、知香にそれを問い質す気はなかった。いずれ発覚するだろうと思っていたのだから。

不倫みたいに扱われている知香を、彼は不憫《ふびん》に思ったのかもしれない。

釈迦郡のような医師と交際したら、堂々と恋人だと名乗れるだろうし、彼と結婚したら、きっと幸せになれるだろう。

だけど、知香の心は動かなかった。

医師と交際していることを誰かに自慢したいわけではない。それに、理人と関係を持っているのに、別の男性に告白されたから乗り換えるなんて、どうなのか。知香は恋多き女みたいな器用さを持ち合わせていない。

なにより、知香は釈迦郡に告白される前から、まったく期待感を抱いていなかった。

もし釈迦郡のことが好きなら、告白されるかもとか、告白されて嬉しいという心の弾みがあるはずだ。それがないばかりか、理人のことを考えていた。

すでに自分の心が答えを出している。

やっぱり、理人が好きだ。

彼以外の人と交際するなんて、ありえなかった。

「……釈迦郡先生の気持ちはありがたいんですけど、好きな人がいるので、お付き合いすることはできません。ごめんなさい」

理人の名前は出さず、自分の気持ちを正直に伝える。

深く頭を下げると、釈迦郡は溜息をつく。

「謝らないで。……連絡先を聞いてもいいかな？　もし倉木さんの好きな人となにかあったら、いつでも僕を頼ってほしい」

その言葉に知香は打ちのめされる。

釈迦郡は、ふたりの仲がうまくいかないと思っている。だからまだ可能性があると考えているのだ。

秘密の関係なんて、どうせうまくいかないよね……。

そう思うのは知香が図星だからにほかならない。自分自身が、理人との関係は薄《はく》氷《ひょう》を踏むように脆《もろ》いものだと感じている。

だけど、知香の気持ちは変わらなかった。やはり、理人のことしか思い浮かばない。彼に対して誠実な自分でありたかった。

「……できません。ごめんなさい」

釈迦郡に告白されたというのに、まったく嬉しくなかった。それどころか罪悪感が増してしまう。

それは知香が理人に心を奪われているからだと証明していた。

再び謝罪した知香は、逃げるように屋上の階段を下りた。

◆

医局のデスクでパソコンの画面を見つめていた理人は、重い溜息をつく。

また知香に優しく言えなかった。

つい「子どもは好きじゃない」と漏らしてしまった上に、説教めいたことを言ったせいか、知香は落ち込んだように見えた。以前のような応酬はまったくなかった。

仕事なのだから当然と言えばそうなのだが、理路整然と説明しようとするせいか、どうしてもきつい言い方になってしまう。

先ほどのことに限らず、最近の知香は気持ちが沈んでいると感じるのは気のせいだろうか。ふたりきりで過ごしているときも、ふと別のことを考えているように表情が陰っている。

なにかあるのかと訊ねると、明るい顔をしてなにもないと言う。

彼女のそういう気丈で朗らかなところも好きなのだが、恋人なのだから悩みがあったら相談してほしいとも思う。

そもそも、俺のアプローチの仕方がよくないのだろうか……。

知香は決して「好き」と返さない。

初めは恥ずかしいゆえに言わないのかと思っていたが、なんらかのこだわりがあるのではないかと感じてきた。

理人は彼女に「好きだ」と告白して、ベッドでも何度も気持ちは伝えている。

それなのに響くものがない。

不可解なのは彼女が理人を嫌いなようには見えず、好意があると思えることだ。

嫌いなら積極的に抱かれたりはしないだろう。それに、彼女が理人を見る目には輝きがある。

ふたりは付き合っていて、恋人のはずなのに、知香には理解されていないのだろうか。

「単なるセフレだとでも思っているのか？　いや、それはないか……」

小さなつぶやきは誰もいない医局では拾われず、空中に溶けて消える。

知香の性格上、セフレと割り切って遊ぶなんて行為はできないだろう。

だが振り返ってみると、アフタヌーンティーに行ったあと、すぐに体を重ねて関係を持って以来、デートらしきものをしていない。

ふたりの休日が合わないため、いつも仕事終わりにマンションへ行き、すぐに体を求めるという流れになっていた。もちろん体だけが目当てというわけではないので食事もするのだが、外食している暇はない。

この流れはまるでセフレのようではないのか。

やはり知香と話し合うべきだと思うが、質問の仕方を変えない限り、彼女は腹を割って話さないのではないか。

「ただ問題がどこにあるのかが、わからないんだよな」

ふたりの関係はうまくいっていると思う。抱かれているときの知香は身も心も委ねているとわかる。彼女は理人を信頼しきっている。家にいるときはリラックスして、理人のシャツを羽織り、食事の用意を手伝ってくれて、会話も弾んでいた。

しかし、このままではよくない気がする。

レントゲン画像を精査するときのように、理人は隠された炎症を覗き込もうとする。

どこかに見落としがあるのではないか。デートしていないから恋人らしくないということなのか。

彼女とは結婚も考えているが、その話をするのは今の段階では時期尚早だろうか。

一緒に暮らすなら時間も確保しやすいし、結婚さえすればセフレか恋人かなどというカテゴリーの問題を飛び越えられる。

ただ、知香がそれで納得するのか、喜んでくれるのかだが……。

そんなふうに思考を巡らせていたとき、医局に新人の医師が入ってきた。

「氷室先生、院長がお呼びです」

「わかった。すぐに行く」

返事をした理人はノートパソコンを閉じる。

席を立ったとき、ふと隣の空席が目に入った。

釈迦郡は先ほどから戻ってきていない。

そんなことはよくあるわけなのに、なぜか脳裏に引っかかった。

気持ちを切り替えた理人は前を向き、医局を出る。

エレベーターに乗って、最上階の院長室に向かう。

病院の最奥にある院長室は静寂に包まれた空間だ。ひと気のない廊下は、しんと静まり返っている。

重厚な扉をノックをすると「入りたまえ」と返事がある。

「失礼します。お呼びでしょうか」

扉を開けた理人は挨拶した。

院長に呼び出されるときは、政治家や芸能人などの著名人がオペを希望しているので、理人に主治医を任せたいなど、それにまつわる相談がもっとも多い。今回もそういった用件だろう。

齢《よわい》六十を超える院長は理人が訪問すると、すぐに席を立った。

「やあ、氷室くん。こちらにどうぞ」

彼は応接セットのあるソファを指し示した。

まるで賓客に対するような態度に、内心で首を傾げる。

オペに関する内容ならば、執務机の前に理人が立って話を聞くのが通常だからだ。

院長室には執務机のほか、複数人で相談するためのソファが置いてある。

そちらには若い女性が座っていた。

高級そうなスーツを着こなした女性は微笑みを浮かべ、理人に向かって品良く会釈をする。

患者ではない。彼女が病を患っているようには見えなかった。

そう判断した理人は黙殺してソファの端に腰を下ろす。

院長は理人の向かいのソファに女性と並んで座った。

「わたしの末の娘だ。器量もいいし自慢の娘でね。嫁にやりたくないとごねていたら妻に怒られたので、嫁がせようと腹を決めたよ」

あはは……と楽しそうに笑う院長を、理人は無感情に見つめる。

院長の娘だそうだが、理人の仕事にはなんの関係もない。さっさと本題に入ってほしい。

秘書がお茶を持ってきて、それぞれの前に置く。

茶托《ちゃたく》から茶碗《ちゃわん》を手にした院長は、美味そうに茶を啜《すす》った。

理人は手をつけず、院長が話し出すのをじっと待つ。

ようやく茶碗を置いた院長が雑談をするような気軽さで語り出した。

「氷室くんは、実に有能な医師だ。わたしはきみの腕を高く評価しているよ。いずれ心臓血管外科の権威と呼ばれる存在になれるだろう」

「ありがとうございます」

あくまでもお世辞である。

無感動に返事をする理人に、院長は言葉を継ぐ。

「それでね、アメリカの心臓外科専門センターが、ぜひ氷室くんを迎えたいと言っているんだよ。きみも興味があるって言ってただろ？　そこに二年ほど行ってきたらいいんじゃないか？」

理人は目を見開いた。

海外では最新の医学研究や臨床技術を学ぶことができる。アメリカの心臓外科専門センターなら、世界最高峰の医術を習得できるだろう。

アメリカへの研究留学は理人の夢だった。

研究留学するには、所属する病院の支援が前提になることがほとんどだ。院長は理人を推薦すると言っている。

「本当ですか。光栄です」

「わたしもね、この機会を逃さないほうがいいと思うよ。医師としてのキャリアアップにもつながるからね。それで帰国してから娘と結婚すると、年齢的にもちょうどいいんじゃないかな」

院長と娘が微笑みを交わしたのを目にして、理人の浮きかけた心が沈む。

着地点はそこだったのだ。

研究留学の話は魅力的だが、結婚を条件にされたら承諾できない。理人には知香がいる。彼女と別れて、院長の娘と結婚するなんて考えられなかった。

理人はすぐさま冷静に確認する。メスを入れるように躊躇しない。

「つまり、お嬢さんと結婚しなければ、推薦はしないということでしょうか」

「いやいや、そういうわけじゃないけどね。ほら、娘が結婚しないと困るという親心だよ。もちろん今すぐに答えろなんていうつもりじゃない。氷室くんも考える時間が必要だろうしね」

切り込んで確認したつもりだが、院長は濁した。

まだ提案された段階なので、なにも決定してはいない。

研究留学と結婚をセットにするかどうかは、院長も決めかねているのかもしれない。娘の意向も確認したいのだろう。

理人は即答を避けた。

「そうですね。少し考えさせていただきます」

一礼して席を立つ。

話はこれで終わりなので、すみやかに院長室を退出する。

だが理人の答えはすでに決まっている。

院長の娘と結婚はできないが、アメリカには行きたい。

それはあまりにも身勝手な答えだとわかっている。

しかし夢を叶えるとしたら、今しかないだろう。

年を取ってからでは遅い。アメリカ留学できるチャンスだという思いが胸のうちに湧き上がる。

だが、俺がアメリカに行ったら、知香はどうする——？

二年間は留学するには短いが、恋人が冷めるとしたら充分すぎるほどの期間だろう。

待っていてほしいと言うのは簡単だが、その間にほかの男に奪われる可能性もある。

たとえば釈迦郡などの狡猾《こうかつ》な男には、容易に奪えるだろう。

釈迦郡がどれほど知香への気持ちが真摯なのかは測りかねるが、彼は周囲の評価ほど好青年ではない。中身は腹黒い男である。頭のよい人間は往々にして善人の皮を被るものであると、理人は割り切っているので、正すつもりは毛頭ない。

だが知香だけは譲らない。

そう考えると、やはりアメリカに一緒に来てくれないか、知香に聞いてみるしかないだろう。

知香は留学経験がないはずなので、突然アメリカで暮らそうと言ったら承諾してくれるだろうか。しかも病院は辞めることになる。アメリカで看護師として働くには、あらためて試験に合格して資格を得る必要がある。理人は知香を養っていくつもりだが、そういった事情もあるので、すぐに答えは出せないかもしれない。

淡々と思考を重ねながら廊下を歩いていた、そのとき。

偶然にも、廊下の向こうから知香がやってきた。

屋上へ行っていたのだろうか。ちょうど階段を下りてきたところのようだ。

小走りで駆けてくる彼女はうつむいている。理人には気づいていない。

「知香」

周囲にひと気がないので、理人は名前を呼んだ。

すると知香は、びくっとして顔を上げる。

「あっ……氷室先生。あの、なにか……」

なぜか彼女は、ひどく動揺しているようだった。

気まずそうに視線を逸らし、理人と目を合わせようとしない。まるで泣き出しそうに顔を歪《ゆが》めていた。

とてもアメリカに一緒に来てほしいと言える雰囲気ではない。

そもそもこのような立ち話で伝えるわけにもいかないのだが。

眉をひそめた理人は訊ねる。

「なにかあったのか？」

「いえ、なにも……仕事に戻ります」

うつむいた知香は理人を避け、すり抜けていった。

まただ。彼女はなにも言ってくれない。それほど理人は頼りないのだろうか。

彼女の後ろ姿を呆然として見やっていると、屋上に続く階段から誰かが下りてくる足音が耳に届く。

そちらに目を向けると、釈迦郡が平然として姿を現した。

ふたりで屋上に行っていたらしい。

そうすると、仕事ではない話があったのだろうか。

釈迦郡の超然とした態度が知香と反比例していたので、不審なものを感じた理人は問いかける。

「倉木に説教でもしたのか？」

「違います。ちょっとした行き違いがあったので確認しました。氷室先生がお気になさることではありませんので、心配いりません」

爽やかな笑みを浮かべてそう言われるが、どうにも腑に落ちない。

仕事のミスを正したのなら、知香があんなに動揺するだろうか。

しかし、さらに釈迦郡を追及したところで、同じ答えが返ってくるだけなので意味を成さない。

「そうか。それならいいが」

今夜、知香にアメリカ行きのことも含めて話をしよう。

そのときに彼女がまだ動揺しているなら、優しく慰めたい。そこでプロポーズするという流れはどうだろうか。

白衣を翻した理人は、釈迦郡と並んで医局へ戻った。

◆

自宅のトイレから出てきた知香は、白い棒を手にして青ざめる。

「陽性……」

妊娠検査薬の窓には、くっきりとラインが二本とも刻まれていた。

一本は検査の終了を示すラインで、もう一本は陽性を表す。

陽性反応が出たということは、知香が妊娠しているのを証明していた。

患者の検査で何度か確認したことがあるが、こんなに明瞭にラインが出るからには、ホルモン量がかなり多い。hCGの分泌が微量だと、着床していてもラインの濃度が極めて薄いのである。つまり着床してから時間が経過しているのではないか。近頃体調が優れないと思っていたのは、妊娠初期の症状だったのだ。

「私、妊娠してるんだ……」

仕事を終えて、知香はすぐに自宅に戻ってきた。

理人に誘われたが、今日は体調が悪いからと言って断った。彼はなんらかの話があるようだったけれど、おそらく釈迦郡のことではないだろうか。告白されたあとにすぐ理人に遭遇したので動揺してしまった。彼はそれを不審に思ったのかもしれない。

告白は断ったので、いつでも釈明はできる。それよりも、佐久間から妊娠を示唆されたのが気になり、一刻も早く検査したかったのだ。

検査薬のスティックに蓋をした知香は、それをローテーブルに置いた。

ベッドサイドに腰を下ろし、下腹に手を当てる。

理人の子が、お腹にいる。

どうしよう。きちんと付き合っているわけでもないのに、彼の子どもを妊娠してしまった。

関係性がはっきりしないまま受け入れていた自分にも責任はある。

だから理人に話して、ふたりで出産か堕胎かを決めるべきだ。

でも、中絶はしたくない……。

好きな人の子どもを授かったからには、産みたい。

それは知香の夢だった。

愛する人と結婚して子どもを授かり、産み育てる。

だけど、彼と付き合っているわけでもないのに、そんなステージに進めるのだろうか。

結婚相手の候補にもなれない知香が子どもを産むと言ったら、迷惑になるかもしれない。しかも彼は子どもが苦手なのだ。

理人は堕胎を要求したりはしないだろうけれど、迷惑だという態度を示されるのが怖かった。

彼を信じたい。

子どもができたなら結婚しよう、と言ってほしい。

スマホを手に取った知香は、アフタヌーンティーで撮影した写真を見返した。嬉しそうに微笑んだ知香と肩を並べて、はにかんだ理人が写っている。

この写真は知香の宝物だ。

デートらしいことをしたのはこのときだけだったけれど、これからも、ふたりでいろんな思い出を作っていきたいと願っている。

ふと、理人からメッセージが届いているのに気づく。

『体調は大丈夫？』

短いメッセージにも、彼が気遣ってくれているのがわかった。いつも職場で顔を合わせているので、ＩＤは交換しているものの、普段はメッセージのやり取りをしない。

妊娠したことを伝えようかと思ったけれど、やめておいた。

メッセージで打ち明けたら、冗談だと捉えられるかもしれない。

やはり彼に会って直接、話したい。

知香はスタンプのみを返信した。

ピンクのウサギが笑っているスタンプを見た理人は、なんともないのだと思って安心するだろう。いつもの元気で明るい自分を演出することに、知香の胸がちくりと痛む。

本当は、こんなに悩んでいるのに、どうして平気だと彼に嘘《うそ》をついてしまうのだろう。

「でも、明日になったら理人さんに話すから、大丈夫だよね……」

スマホを握りしめて、小さくつぶやく。

理人はきっと、妊娠したことを喜んでくれる。結婚を望んでくれる。

そう願った知香は、写真の中の理人を見つめた。

翌日は夜勤だったため、知香は仕事の前に、職場から離れている産婦人科の医院で診察した。

やはり、妊娠していた。

エコー写真には、胎嚢《たいのう》と呼ばれる赤ちゃんが入っている袋の中に、小さな胎児が写っている。まだ身長は一センチ未満なのに、胸壁を通して、ピカピカと心臓が点滅している。

「赤ちゃんの心拍が確認できました」

医師の言葉に、命の息吹を感じて胸を打たれる。

私と理人さんの赤ちゃんが、生きているんだ……。

胎児は心臓が動いていて、これから脳や臓器、そして体の器官が急速に発達していく。

いずれこの世に生まれてくるために。

やはり、中絶を選ぶことはできない。

この子を、産みたい――。

まだ性別はわからないけれど、子どもが生まれて、大きくなって、母親の知香と手をつないで一緒に歩く姿が脳裏に思い描かれた。

診察を終えたあと、エコー写真を差し出した医師から、胎児の様子について説明を受ける。胎児の成育は順調で、妊娠七週目ということだった。

老齢の医師は、デスクの書類に目を落とした。

それは知香が診察の前に記入した問診票だ。既婚か未婚かをチェックする項目には、未婚に丸をつけている。

つまり結婚していないのに、妊娠したということである。

医師は穏やかな表情で静かに問いかけた。

「どうしますか？」

それは、出産か中絶か、どちらを選ぶかと聞いているのだ。

命を選択する重みを感じながらも、しっかりと答える。

「産みます」

知香に迷いはなかった。

まだ理人の返事は聞いていないが、愛する人の子どもを産みたいという確固たる思いが胸に湧いていた。


医院を出たあと、知香は日が暮れてから出勤した。

理人はすでに病院にいないようで、顔を合わせることはなかった。時間が合わないこともあるのだから、また明日にでも相談すればいいだろう。

下腹を意識しつつも、できるだけ負担をかけないように仕事をこなす。

幸いにも、本日の病棟は平穏で、急患や急変などはなかった。

佐久間は日勤だったため、ほかに知香の体調について知っている人はいない。今のところ、つわりの症状は収まっているので、仕事への支障はなかった。

消灯が過ぎた病棟は静まり返っている。

知香はスタッフステーションのデスクにつき、パソコンで看護記録を打ち込んでいた。

するると、ほかの看護師たちがいつもの噂話を始める。

「ねえ、聞いた？　氷室先生がアメリカに研究留学するんだって」

「えっ、そうなの？　じゃあ、院長に推薦されたってことじゃない。さすがね」

「しかも帰国したら、院長の娘さんと結婚するそうよ。将来の教授のポストに決まりよね」

背後で賑《にぎ》やかに繰り広げられる話を耳にして、知香の指先が震える。

理人さんが、結婚……？

そんな話は聞いていない。それにアメリカに行くなんて、知香にはなんの相談もなかった。

アメリカ留学という彼の夢が叶うのなら、とても喜ばしいことだ。

だけどそれには、院長の令嬢との結婚も併せられているらしい。

もしかすると、院長の推薦を受けるには、結婚の条件が含まれているのかもしれないが、理人に断る選択肢はないだろう。

選ばれた特別な医師である理人は、成功を手に入れようとしている。アメリカ留学するのが夢だと、アフタヌーンティーのときに彼は目を輝かせて語っていた。

それじゃあ、私は……お腹の赤ちゃんは、どうなるの……？

もし、その噂が本当だとしたら、理人はすぐさま知香との関係を断とうとするだろう。職場の看護師と関係を持ち、まして妊娠させたなんていう噂が立ったら、彼の将来に差し障る。もしかしたら彼は初めから令嬢との結婚を望んでいたから、知香との関係を隠そうとしていたのかもしれないと思うと、合点がいくとともに心臓が冷えた。

身を震わせる知香の後ろで、看護師たちは話を続けていた。

「でもさ、あれはどうなの？　氷室先生がＥＤかもっていうのは……結婚できないんじゃない？」

「問題ないわよ。治療すればいいわけだしね。それに愛よりセックスより大切なのは権力でしょ」

楽しげな笑い声が、冷え切った心に染みる。

愛よりセックスより、大切なのは権力――。

そのとおりかもしれない。愛情なんて、一過性の儚いものなのかもしれない。

そうすると、知香が理人の愛を感じていたのは、まぼろしのようなものだったのだ。

知香の心は深淵まで沈んでいった。

深夜のスタッフステーションには、パソコンのキーを打つ無機質な音が響いた。

夜勤明けは休日になるため、知香はアパートの部屋に籠もっていた。

理人がアメリカへ行き、その後に院長の令嬢と結婚するという話を聞いてから、まったく食欲が湧かなくなってしまった。

なにも食べずにベッドに横になり、吐き気をこらえる。

気が重いせいか、つわりの症状が出てきたようだ。

つい昨日までは赤ちゃんができたことを喜んでいたのに、ひどい落差だった。今後、赤ちゃんがどうなるのか、理人から別れを告げられるのであろうなどと考えると、悲しみが込み上げてきて、ひとりでに涙がこぼれた。

「私たち、捨てられるのかな……？」

知香とお腹の赤ちゃんは、見捨てられてしまうのだろう。そうに違いない。

理人が医師として成功するためには、院長の令嬢との結婚が必須なのだ。夢だったアメリカ留学を控えているのだから、一介の看護師である知香にかまっている暇なんて、もうない。

それに、彼は子どもは好きではないと言っていた。

だからこそ政略結婚しか受け入れられないのかもしれない。跡継ぎを求められたら、そのときには子作りをするのだろう。ＥＤというのはただの噂に過ぎないので、夫婦関係にはなんの障害もない。

そう考えると同時に、これまでのことが腑に落ちる。

理人は知香との関係をはっきりさせなかった。初めのアフタヌーンティーのあとに体を重ねてから、一度もデートをしなかった。

好きだと言ったからといって、将来を真剣に考えているという証明になるはずがない。

やはり知香は、ただのセフレだったのだ。

院長の令嬢と結婚するまでの、つなぎの相手だ。

それはわかっていたはずなのに、期待してしまっていた。

自分は愛されているなんて、勘違いをしていた。

つい昨日までは、理人に妊娠を打ち明けようとしていたのに、もはやそのような状況ではなくなってしまった。

令嬢との結婚が約束されているのに、知香から妊娠を知らされたら、理人は中絶を勧めるだろう。

理人が好きだからこそ、「堕ろせ」なんて言ってほしくない。

愛し合って授かったお腹の子を殺すなんて、できなかった。

だけどもし、知香と結婚すると言われても、逆に困る。

せっかく出世できるチャンスを掴んだのに、知香と子どものせいで彼の将来を奪ってしまうことになる。

それは望まなかった。

理人には輝かしい人生を歩んでほしい。

そのためには、知香は身を引かなければならないのだ。

彼を、困らせないために――。

スマホからメッセージが届く音が鳴ったが、知香は手を伸ばさなかった。

もう、理人と連絡を取るべきではない。

布団に包まり、涙を拭った知香は心に決めた。


翌日、どうにか病院に出勤する。

体調は悪かったが、つわりの症状だとわかっているので、懸命にこらえた。周りに妊娠していると悟られてはいけない。

釈迦郡はふたりの関係を知っているはずだ。病院関係者に理人の子を妊娠していると広まったら、彼の立場が悪くなる。

理人のアメリカ留学の夢を叶えるためにも、隠し通そうと誓った。

ラウンドを終えてナーシングワゴンを押していると、佐久間が声をかけてくる。

「倉木さん、体調は大丈夫ですか？」

「うん。もう平気。やっぱり疲れだったみたい」

明るく笑いながら嘘をつく。

心苦しかったが、お腹の子と理人のためだ。

点滴の用意をしていると、スタッフステーションに理人が顔を出した。

「倉木、おはよう」

どこか硬い声で挨拶され、きゅっと心臓が縮むような感じがした。

平静を装った知香は、点滴の準備に追われているふりをしつつ、ちらと顔を上げる。

「おはようございます。氷室先生」

笑顔がぎこちなかったのか、理人はこちらをじっと見つめていた。

彼が口を開こうとしたそのとき、背後に人影が現れた。

釈迦郡が、ぽんと理人の肩を叩く。

「アメリカ留学と結婚、おめでとうございます」

「なんだ、それは」

不機嫌そうに振り向いた理人は眉根を寄せる。

知香の鼓動が嫌なふうに鳴り響いた。

釈迦郡は朗らかな笑みを浮かべ、祝福の言葉を綴《つづ》る。

「隠さなくていいですよ。もう医局は氷室先生の話で持ちきりです。アメリカから帰国したら院長のご息女と結婚なんて、出世は間違いないですね。次期教授は氷室先生だと盛り上がってますから」

「まだなにも決定していない。医局員には、いい加減なことを言うなと釘を刺しておく」

「でも受けるんでしょう？　アメリカの心臓外科専門センターで最新医療を学びたいって、前に話してましたよね。このチャンスを逃したら夢を叶えられませんよ」

理人は一瞬、押し黙った。

それが彼の本音を表していると、知香にはわかってしまった。

やはり噂は真実だった。

もし彼が迷っているとしたら、知香との関係をどう処理するかということかもしれない。知香は捨てられたからといって、ふたりの仲を暴露するなんていう非常識なことをするつもりはもともとなかった。でも、理人が夢を叶える手助けをするべく、関係なんてなにもなかったと貫くべきだとあらためて思った。

ふたりの話を邪魔しないよう、知香はそっとスタッフステーションを離れる。

廊下を歩いていると、すぐに後ろから足音が聞こえた。

「待ってくれ、知香」

理人が追ってきた。

しかも知香の名前を呼ぶので、内心で慌てる。

誰かに聞かれたら、ふたりが特別な関係だと思われてしまう。

知香は表情を硬くして、理人に向き直った。

「アメリカ留学するんですよね？　帰国したら、院長のご息女とご結婚するんでしょう？」

「いや、それは……」

「おめでとうございます」

理人にも言い分があるようだが、それを遮り、頭を下げる。

他人行儀な態度に、理人は眉をひそめた。

「誤解だ。俺の話も聞いてほしい。仕事が終わってからきちんと話そう」

その言葉だけで充分だった。

理人は知香の存在を無視して、切り捨てるような真似はしなかった。

話し合って問題を解決しようとする彼の誠実さを、やっぱり好きだと思えた。

だからこそ、話し合いには応じられない。

ふたりきりで話したら、妊娠していることを理人に言ってしまうかもしれない。

それは必ず理人の夢を叶える邪魔になる。

彼のためにも、潔く身を引くのが、もっともよいと知香は思った。

知香は心を殺して、喉から言葉を絞り出す。

「……好きな人がいるので、もう会えません」

「なんだって？」

思いがけないことを言われた理人は、目を見開く。

まったくの嘘だが、そうとでも言わなければ、彼に会わない理由が作れない。

「釈迦郡か？」

即座に聞き返されて、答えに詰まる。

釈迦郡から告白されたのが理人の耳に入ったのかもしれないが、もちろん彼と交際するつもりはない。

ここで頷いておけば理人は諦めてくれるかもしれない。

目の前に好きな人がいるのに、ほかの人を好きと嘘をつくのは、ひどく心が軋《きし》む。

うつむいた知香は、ゆるゆると頷く。

口を開いたら声が震えそうなので、黙っていた。

理人は顔を上げない知香をしばらく見つめていたが、やがて踵を返す。

彼の白衣が去っていく。

その後ろ姿に、知香は心の中で「さよなら」とつぶやいた。

大粒の涙がこぼれて、頬を伝う。

涙で霞《かす》んだ白衣はもう見えなくなっていた。


気持ちを落ち着けてから点滴の交換を終えると、ほかの病室から佐久間が出てきた。

知香は佐久間に明るく声をかける。

「佐久間さん、ありがとう。あなたなら立派な看護師になれるよ」

「えっ、突然どうしたんですか？」

佐久間は不思議そうに目を瞬かせていた。

彼女には先に別れの挨拶をしておきたいと思った。

まだなにも知らない佐久間は「さっきのラウンドのことですか？　そういえば――」と話を続ける。

残念だけれど、知香はもうこの病院に勤め続けることはできなかった。中絶を選択しなければ、いずれお腹は大きくなり、周囲に様々なことが知られてしまう。

理人の輝かしい成功に、知香と子どもがいては邪魔になる。

ひとりで子どもを産もう——。

理人にも誰にも知られず、どこか別の場所で出産しなければならない。

そのためには、今の環境のすべてを捨てる覚悟が必要だった。

看護師を辞めるわけではない。ほかの病院や医院でも、看護師として働くことはできるだろう。

そうしてひとりで働きながら、子どもを産み育てよう。

決心をした知香は、病院を退職する旨を看護師長に伝えた。

退職届を提出して引き継ぎをする間、シフトを調整してもらったので理人とは顔を合わせずに済んだ。彼も学会などで不在が長いときもあり、多忙だった。

その間に引っ越しの準備をして、田舎の親戚に話を通しておく。

両親と親戚には「事情があるので病院を辞めて、しばらく田舎で暮らしたい」と、ひとまず電話で話した。

もうすぐ引き払う自宅のアパートで、引っ越しのための段ボールに囲まれた知香は、電話を終えて一息つく。

するとすぐに、プルル……と着信音が鳴る。

はっとした知香は、スマホを取り落としそうになった。

理人からだ。

今、彼からの電話に出たら、すべてを話してしまいそうな衝動に駆られる。

やっぱり別れたくない、あなたの子を妊娠している、理人さんと結婚したいと叫び出しそうな自分がいた。

いけない。

これまで隠し通してきたのに、最後に彼を困らせてはダメだ。

知香は理人からの電話に出なかった。

着信音はいつまでも鳴っていた。それを知香は、胸を裂かれる思いで聞く。

まだ知香のことが好きだと、期待を持たせないでほしい。彼は別れ話をきちんとしたいのかもしれないが、あえて言われなくても、わきまえているつもりだった。

やがてスマホは静かになる。

もうやり取りできないよう、知香は彼の連絡先をブロックした。そのまま登録も消去する。

頬を流れる涙とともに、消し去るしかなかった。

でも、私にはこの子がいる……。理人さんが愛してくれた証だもの……この子さえいれば、生きていける……。

そっとお腹に手をやり、まだ平らなそこを慈しむように撫でる。

彼を好きだからこそ、別れなければならなかった。

もう二度と、会えない。理人はアメリカに行って、別の人と結婚してしまう。

そう思うと涙が止まらなかった。

「今日だけ泣こう……。赤ちゃんのために、もう泣かないから」

知香は声を上げて泣いた。

あとからあとから悲しみが込み上げてきて、慟哭《どうこく》を抑えきれなかった。

涙とともに、理人への想いを忘れようとした。

第五章　三年の時を経たプロポーズ

港町の診療所は打ち寄せる波の音色と、ウミネコの鳴き声に包まれている。

扉を開けた知香は医師に挨拶した。まだ日は高いが、こぢんまりとした島の診療所の診察時間は夕刻を前に終わる。

「お疲れ様でした」

親戚が民宿を営んでいる飛魚島《とびうおしま》に引っ越してきて、三年近くの月日が流れていた。

この島は県内にある唯一の離島である。外周が十キロほどの小さな島だ。知香の実家がある天堂市からは、バスとフェリーを乗り継いで半日ほどで着く。

初めは民宿の手伝いをしていたが、今は島の診療所に看護師として勤めている。

二十九歳になった知香は、晴れやかな顔で道沿いから海を眺めた。

煌《きら》めく海には釣り船が浮かんでいる。爽やかな海風が、まとめた髪の後れ毛を撫でていく。白練の雲が棚引く空を、ウミネコが飛んでいった。

診療所から民宿までは歩いて数分ほどだ。小さな島なので、定期船が停《と》まる港の周辺に家屋が集まっている。

すると、道の向こうから小さな女の子が走ってきた。

「ママ！」

娘の陽菜《ひな》だ。

二歳の陽菜は明るい笑顔で駆け寄る。

身を屈めた知香は小さな体を、ぎゅっと両腕で抱きしめた。

「陽菜、迎えに来てくれたの？」

「うん」

娘は大きな目で、まっすぐに母親である知香を見つめてくれる。

知香は愛しい娘の頭を撫でた。

「えらいね。でも、ひとりで行っちゃダメって、おばちゃんに言われなかった？」

「おばたん、おしごと」

「そっか」

陽菜と手をつないで、海沿いの道を歩いていく。

長閑《のどか》な港町なので、ほとんど車は通らない。今の時期は冬の終わりのためか観光客が少ないので、島は閑散としている。今日は温かい陽射しが注ぎ、あくびをした猫が道路に寝転がっていた。

理人の子を妊娠した知香は病院を辞めてから、飛魚島との定期船が出ている酒井市《さかい》に引っ越し、無事に女の子を出産した。出産後に退院して落ち着いてから、親戚を頼って島に移り住んできた。

陽菜と名づけたのは母親となった知香だ。今は民宿に住みながら、シングルマザーとして娘を育てている。

何度か実家の両親が島を訪ねてきたけれど、父親がいない理由については詳しく話していない。もちろん陽菜にも、なにも言っていなかった。

理人はアメリカで生活しているだろうし、すでに結婚しているのかもしれない。彼を忘れることはできなかったけれど、理人はもう別の世界の人間なのだから、連絡は取らなくていいと思っている。

だけど陽菜が大きくなったら、娘にはきちんと話さなければならないだろう。

まだ小さな娘は、なぜ自分に父親がいないのか知らない。

手をつないだ陽菜は寝転んでいる猫を指差した。

「ママ、にゃんにゃん」

「そうだね。にゃんにゃんだね」

「わんわん、いたよ」

「わんわんもいたの？　島で犬を飼ってる人っていたかな……」

「てれびにいた。わんわんの赤ちゃん、いたの」

「そっか。テレビで見たのね」

穏やかに娘と話していると、幸せを感じた。

些細なことでも、この子を産んでよかったと思える。

だけど赤ちゃんだった陽菜はみるみるうちに育っていく。

ひとりで靴を履いて外を歩けるようになり、お喋りも上手になった。

知香が診療所に勤めている間、陽菜は叔母《おば》に見てもらっているが、そろそろ保育園に通うことを考えなければならないだろう。

いずれは小学生になるわけだし、このままでは陽菜はひとりも友達ができない。近所に同い年くらいの子どもは誰もいなかった。

島には小中学校はあるのだが、生徒は数人しかいない。保育園は一軒もなかった。

そのため、保育園に通うのなら島を出て暮らさなければならない。

それが目下の知香の悩みだった。

出産するときは必死だったので、子どもが成長してから通学をどうするかまでは考えが回らなかった。飛魚島は長閑なので育児をするには素晴らしい環境だし、親戚を頼れるので安心なのだが、そういえば移住してきた人々の子どもたちは皆、小学生以上の年齢である。そして小中学校を卒業したら島を出て、酒井市にある寮付きの高校に通うのが通例なのだ。そのまま大学進学や就職となり、島へ戻ってこないことが多いと聞いた。

つまり、いずれ子どもたちは島を出ていく。

そういった事情も子どもがいるなら考慮するべきだったと、今さらながら思い知る。

出産した病院のある酒井市に戻って暮らすとなると、頼れる人がいないので心細い。

それに酒井市の学校に通ったら、もうそこからの移住が難しいと思える。かといって、本土まで通うのは現実的ではなかった。飛魚島から酒井市まではフェリーに乗って一時間ほどだが、海が荒れたら欠航になるので、天候が悪いときは何日も定期便が出ないことがままある。一日一往復の便しかないため、日帰りで通勤や通学するのは不可能だった。

陽射しをはねた海を横に見ながら、民宿へ帰る。

細い道に作られた石の階段を上り、広い玄関の横についているドアを開ける。

こちらは従業員が休憩する部屋だが、知香と陽菜が間借りしている。

「ただいま」

「たらいま。おばたん、おそうじしてたよ」

叔母は陽菜を可愛がり、民宿の経営をしながら面倒を見てくれていた。知香のことも本当の娘のように世話を焼いてくれるので、とても助かっている。

部屋に荷物を置いた知香は、掃除を手伝おうと思い、エプロンを身につける。

知香の傍から離れない陽菜は、くいとエプロンを引いた。

「ひなも、えぷよん」

「そうだね。陽菜もお手伝いしてくれるもんね」

子ども用のエプロンを着けてあげると、陽菜は嬉しそうに笑った。

この無垢な笑顔をずっと守りたいと、あらためて胸に誓う。

そのとき、叔母が慌ただしく部屋へやってきた。

「ちょっと、知香ちゃん！　姉さんから――知香ちゃんのお母さんから電話よ。お父さんが倒れたって」

「えっ⁉」

突然の知らせに息を呑む。

知香は慌ててダイニングキッチンへ向かった。

宿泊客の食事を作るため、宿のダイニングキッチンは広い造りになっており、そこに電話が置いてある。

父に会ったのは数か月前だけれど、そのときはなんともなさそうだったのに、急に倒れたなんてどうしたのだろう。

緊張しつつ受話器を手にする。

「もしもし、お母さん？……うん、うん……」

知香が母と話している間、陽菜は叔母の膝に抱っこされていた。じっとして、電話が終わるのを待っている。

久しぶりに話した母の声は、疲れ切っていた。

事情を聞いた知香は、またあとで電話すると約束して受話器を置く。

一息ついて、叔母に向き直る。

「お父さんは大丈夫みたい。倒れたっていうか、具合が悪くなって病院に行ったら、そのまま入院したんだって。検査を終えたら退院する予定だから、心配ないと思う」

「そうなのね。でも、姉さんは泣いてたわよ？」

心配する叔母に、知香はゆるゆると頷く。

電話で聞いた限りでは、父の病状は軽度だと思われるが、母はかなり心労が重なっているようだ。知香は一人娘なので、両親になにかあったとき、ほかに頼れる子どもなどはいない。それに加えて自営業のため、父がいない分の工場の仕事の処理を母がこなしているのもあるだろう。

母に電話で言われたことを、知香は話した。

「私たちに、実家に戻ってきてほしいって……。お母さんは今ひとりだから、心細いんだと思う」

「そうね、戻ったほうがいいわよ。娘と孫が離れて暮らしていたら、それだけで心配だもの。親の傍にいてあげるのが一番の親孝行よ」

島を出て、実家で暮らすことも視野には入れていたが、それが現実味を帯びてきた。いつまでも叔母の世話にはなれない。それに島には保育園がないので、陽菜が通園するためにはいずれにせよ引っ越す必要がある。診療所の看護師を辞めなくてはならないが、仕方ないだろう。

だけど、地元に戻ったら……もしかしたら理人さんと顔を合わせるかも……。

そう考えた知香は躊躇する。

誰にも妊娠と出産を知られたくないから島に引っ越してきたのに、地元に戻って知り合いに会ったら、どう言えばいいのだろう。

もし理人に会ったら、陽菜を見た彼はなんて言うだろう。

しかし実家のある天堂市と、神無崎中央総合病院のある市は、ふたつ隣である。理人は観光で行ったことがあるとは話していたが、理由もなく頻繁に訪れるわけではない。

それに理人を実家に案内したことはないので、住所は知らないはずだ。彼と再会するかもしれないなんて、自意識過剰だろうと思い直す。

もし偶然に会ったとしても、理人だって今さら知香に声をかけるなんてあるわけないだろう。

思いを巡らせる知香を、不思議そうな顔をした陽菜が見つめた。

「ばぁばのおうち、いくの?」

「う……ん」

知香は曖昧に返事をする。

両親が訪問したとき、陽菜はふたりに会っているので、祖父母は島外に住んでいると知っている。もちろん陽菜は島から一度も出たことがない。

迷っている知香を見た叔母は、膝に抱いている陽菜に話しかけた。

「陽菜ちゃんも、ばぁばのおうちに行けるのよ。それとも陽菜ちゃんだけ、おばちゃんと島にいようか?」

「やだ。ママといく」

「あら～。やっぱりママがいいもんね」

軽快に笑った叔母は、ぎゅうっと陽菜を抱きしめた。

陽菜だけを置いていくなんてことは、もちろんできない。

そんなことができるとしたら、知香は初めから出産を選んでいないだろう。

子どものためにも、親のためにも、実家に戻ろう。

決意した知香は、叔母に向き直る。

「私、実家に戻るね。叔母さん、今までありがとう。感謝しています」

「いいのよ。知香ちゃんがいてくれて、いろいろと助かったわ。陽菜ちゃんもこれから保育園に通わないとって、話していたものね」

大人の話に目を瞬かせた陽菜は、ふたりの顔を見上げる。

これから事態が大きく動くのだと、彼女なりに感じ取ったのだ。

「ひな、ほいくえんにいくの？」

「そうだよ。ばぁばのおうちに引っ越しするの。そこから保育園に通えるからね」

「ママ、いるの？」

無垢な瞳で問われ、知香は胸を衝《つ》かれる。

陽菜の疑問は、保育園にはママがついてきてくれるのかということかもしれない。それとも、陽菜だけ島に残るかと叔母が冗談交じりに言ったので、母親と引き離されるのかと不安になっているのかもしれない。

すっと立ち上がった陽菜は、知香に抱きついた。

笑みを浮かべた知香は、小さな体をきつく抱きしめる。

「ママは陽菜と一緒にいるよ。陽菜がお嫁さんになるまで、ずっとだよ」

「うん」

まだ娘は「お嫁さん」の意味をわかっていないだろう。

だけど、自分が叶えられなかった結婚という夢を、陽菜には実現してほしい。

娘がウェディングドレスを着る日まで、大切に育てよう。

大好きだった理人の子どもだから、彼の分まで慈しんで見守りたい。

ぎゅっと知香のエプロンを掴んだ陽菜は、母親の胸に顔を埋めていた。


二週間後――。

診療所を退職した知香は、陽菜とともに島から引っ越して、天堂市へ戻ってきた。

もとから荷物は少なく、自分の家具は持っていないため、手荷物だけで済んだ。陽菜はウサギの顔がついたリュックを背負い、可愛らしいワンピースを着ている。

陽菜は初めて島を離れて暮らすことになるので、馴染《なじ》めるかなと若干の不安があった。

今のところ本人は怖がることもなく、平然として知香と手をつなぎ、フェリーとバスを乗り継いできた。

見慣れた地元の景色に懐かしさを覚えながら、実家の敷地に入る。敷地内にある自動車修理工場はシャッターが下りていた。

「ふう……やっと着いたね。ばぁばのおうちはここだよ」

「うん」

陽菜はあまりお喋りなタイプではないのだが、もとから冷静な性分なのかもしれない。

知香が小さい頃はずっとお喋りしていたそうなので、母親には似ていないようだ。

そうすると……と思った知香は、ふるりと首を横に振る。

気を取り直し、三年ぶりになる実家の玄関扉を開けて、声をかけた。

「ただいま」

「たらいま」

民宿に帰ったときと同じように陽菜が言うので、くすっと笑ってしまった。

知香の真似をしただけだと思うが、ここが自分の家だと陽菜もわかってくれているのかと解釈してしまう。

すぐに母が出てきて、笑顔で迎える。

「おかえりなさい、知香、陽菜！　待ってたわよ」

電話をしたときの母はかなり参っていたようだが、元気そうだった。

ほっとした知香は上がり框《かまち》に荷物を置き、陽菜の手を引く。

「お母さん、元気そうでよかった。――ほら、陽菜。ばぁばだよ」

「ばぁば、だっこして」

すぐに陽菜は母に手を伸ばす。祖父母に何度か会っているので、陽菜も慣れていた。

相好《そうごう》を崩した母は、ぎゅっと孫を抱きしめる。

「あぁ、よかった。知香と陽菜がいてくれたら、お母さんも嬉しいわ。今日はごちそうをたくさん用意してあるからね」

母の調子は問題ないようなので安心する。

知香は荷物を持って二階に上がり、自分の部屋へ入る。

子どもの頃から使っていた自室は綺麗に片付いていた。出産前にも一度だけ立ち寄ったが、母がいつも掃除していてくれるのだ。

ふと、いつの間にか時間が経過していたことに気づかされる。

「もう、三年も経ったんだ……」

看護学校を卒業するまでこの部屋にいたので、それからはもっと年月が経っているのに、知香の時間は理人と別れてから止まったままだ。

彼のことを思い出しかけて、首を振り打ち消す。

もう終わったことだ。

三年も会っていないのだから、彼は知香のことなんて忘れたはず。

今はどこにいるのか知らないが、きっと結婚して幸せに暮らしているだろう。

「私には、陽菜がいるもの……」

これからは陽菜の幸せだけを考えて生きていくと決めたのだから、未練なんてない。

それなのに、ついスマホに手を伸ばして、写真を見てしまう。

そこにはアフタヌーンティーのスイーツを背景にして笑う、知香と理人が写っていた。

何度も消そうと思ったのに、できなかった。

あのときの輝かしい思い出は、もう二度と帰ってこないのだと思うほど、たぐいまれなものだったから。
そう、ただ稀少だからだ。
決して、理人のことが今も好きだから消せないわけではない。
溜息をついて、スマホを伏せる。
階下からは、陽菜が母に遊んでもらって、はしゃぐ声が聞こえた。
「もう忘れないとね……」
彼のことを思い出してしまうと、いつも切ない気持ちになって、胸が引き絞られる。
そして鼻の奥がつんとして、眦から涙が溢《あふ》れる。
こんなに悲しいのに、記憶から彼の優しい笑みが消えていかない。
好きじゃない、もう好きじゃない、と知香は唱え続けた。
知香たちが引っ越してきた日の夜は、母の得意の手料理がふるまわれた。
父はすでに退院していて、自宅療養していたが、体調はよさそうだ。
久しぶりに家族で食卓を囲む。
陽菜を膝に抱っこした父は、ずっと顔を緩ませている。
孫が懐いているので、両親は安堵したようだ。

「まったく、母さんは大げさなんだ。たいした病気じゃない。知香と陽菜をうちに呼び寄せる口実に使われたな」

豪快に笑う父に、母は眉を下げた。

「お父さんったら、そんなこと言って。入院のときは本当に心配したのよ。心労でわたしが倒れそうだったんだから」

笑い話になっているようで、知香は顔を綻ばせた。

ずっと叔母の世話になっているわけにもいかないし、いずれは地元に戻ってこなければならなかったろう。両親を安心させるためにも、このタイミングで引っ越してきてよかったと思う。

陽菜は大皿に盛られている刺身のつまを指差した。

「じぃじ、だいこん」

「陽菜は大根が好きなのか？　どれどれ」

箸でつまを掬い上げた父は、口を開けて待っている陽菜に、覚束《おぼつか》ない手つきで食べさせる。

その様子を目を細めて見ていた母は、つと知香に言った。

「春になったら、陽菜を保育園に通わせないといけないわね」

「そうだね。役所に相談に行かないと。入園式もあるだろうし、いろいろ大変そう」

今は初春なので、春に入学するにはすぐに手続きをしなければならない。それが落ち着いたら仕事先を探さなければならないだろう。保育園に預けられたら、安心して仕事ができる。

そう考えていると、ふと父がこちらに目を向けた。

「……母さん、あの男のことは話したのか?」

問いかけられた母は黙って首を横に振る。

なんだろう。

あの男って、まさか……?

知香の心臓が、どきりと脈打った。

「言っておかないとならんだろう。急に陽菜に会ったら、どうするんだ」

そう父に言われて、母はジュースを飲んでいる陽菜に笑顔を向けた。

「陽菜に三輪車のプレゼントがあるの。工場に置いてあるのよ。じぃじと見てきて」

「そうだな。ちょっとおいで、陽菜」

コップを置いた陽菜は、父に連れられて居間を出ていく。

陽菜には聞かせたくない話のようだ。

知香の胸はどきどきと早鐘のように鳴り響いた。

ふたりが出ていくと、しんと居間が静まり返る。

知香はたまらず、母に訊ねた。

「なに？　なにかあったの？」

「……実はね、氷室さんが、うちを何度か訪ねてきたのよ。知香と話したいって。そのたびにお父さんが『帰れ』って、怒鳴って追い返したんだけど……」

初めて聞いた事実に、知香は息を呑む。

そんなことはまったく知らなかった。

理人は知香と連絡が取れないので、実家を訪問していたのだ。

実家の住所を教えていないのだが、考えてみると、自動車整備工場を営んでいると話したので、苗字《みょうじ》と併せて調べればわかることだった。

でも、どうしてそんなことをするのだろう。

もう知香と別れて、アメリカ留学をして結婚しているはずなのに。今さら話すことなんてなにもないだろうに。

驚いている知香に、母は引き出しから一枚の名刺を取り出した。

そこには『氷室理人』という名と、神無崎中央総合病院の医師という肩書きが印字されている。

理人の名刺を震える手で持った知香に、母は静かに言った。

「氷室さんが、陽菜の父親なんでしょう？」

「それは……」

「そうでなければ、何度も実家を訪ねてきたりしないわ。前はアメリカに留学していたそうだけど、もう帰国して、こっちに住んでいるんですって」

母から理人の近況を知らされて、身を強張らせる。

理人はアメリカ留学を終えたのだ。あれから三年が経っているので、彼も変わっただろう。だけど、帰国したということは、彼には最高のポストが待っているはず。

それなのに子どもがいると周囲に知られたら、彼の成功の邪魔になる。

「……彼には、陽菜のことは話したの？」

「ううん、なにも。お母さんは『知香は元気です』としか言ってないから。知らせないほうがいいと思って今まで黙っていたけど、一度氷室さんと、きちんと話したらいいんじゃない？」

「……そんなこと知らなかった。どうして島に来たときにでも、言ってくれなかったの？　ううん、どうして今さらそんなことを言うの？」

何度か来たということは、理人はアメリカ留学中にも、帰国してからも、知香を気にかけていたのだ。

三年間、なにも知らなかった。もう理人の記憶の中に自分はいないものだと思っていたが、そうではなかったのだ。

戸惑う知香に、母は静かに答えた。

「陽菜がもう、赤ちゃんじゃなくなったからよ。そのうち陽菜から父親のことで責められたらどうするの」

ごくりと唾を呑み込んだ知香は、名刺に目を落とした。

陽菜はとても聡《さと》い子だ。父親に似たのかもしれない。陽菜のお父さんは、お医者さんなんだよ……と言えたら、どんなにいいか。

だけど理人はまだ、知香が妊娠して出産したこと、自分の子どもがこの世に存在していることを知らない。

今さら、言わないほうがいいだろう。

きっと理人は、知香が急に病院を退職したから、不審なものを感じたので、原因がなにかを知って自らの疑問を解消したいだけではないか。

間違っても、彼が知香のことを好きで、よりを戻したいと思っているなんて、期待理人さんはもう、結婚しているよね……。それなのに、実は子どもがいるなんて言ってはいけない。

そう思ったからこそ、三年前に彼と別れて、ひとりで子どもを産むと決めたのだ。

陽菜の一生は、母親である自分がすべて背負わなければならない。もし彼女が成長して父親のことを訊ねたそのときには――。

知香は微苦笑を浮かべて、母に言った。

「陽菜には、父親はいないの。大人になったら私から陽菜にそう言うから」

「……そう」

母はなにか言いたげだったが、うつむいた。

両親には、陽菜の父親について話していなかったが、大体は察していたのだ。

だけど、理人が父親だと堂々と言うことはできない。

知香は理人の名刺を、引き出しに戻した。

いつまでも手にしていたら、心が引きずられそうだったから。

実家に引っ越してから、瞬く間に一か月が過ぎた。

陽菜は近所の保育園に通うことが決まり、入園式を間近に控えた。先生との面談でも落ち着いていたので、元気に通ってくれるだろう。入園式のための子ども用のワンピースを購入したり、通園の道具を揃えたりして、知香は忙しく充実した日々を過ごした。

娘が通園を始めたら、また看護師に復帰したい。

今は家事を手伝っているが、両親の体調は問題なさそうなので、知香が働いても大丈夫だと思える。やはり看護師の仕事が自分に向いているし、陽菜を育てるためにもお金が必要なので、復職を目指したい。

桜が満開になった春の日、知香は陽菜と手をつないで近所の公園に向かった。

「ねえ、陽菜。ママはまた看護師のお仕事をするつもりなんだよね。そうしたら前みたいに帰りが遅くなるんだけど、いいかな？」

「いいよ」

あっさりと陽菜は答える。

まだ小さいので看護師についてよくわかっていないかもしれないが、こうして会話するうちに次第に理解してくれるのではないだろうかと期待する。

「陽菜が大人になったら、なんのお仕事をやりたい？」

「んー。ママとおんなじの」

「うふふ。看護師さん？」

「うん」

娘と楽しくお喋りするのは、この上ない幸福を感じた。

陽菜の結い上げた髪が、春の暖かい陽射しに、きらきらと光っている。

公園に辿り着くと、休日なのでたくさんの子どもたちが遊んでいた。

中にはママとパパのふたりが子どもを遊ばせている姿も、ちらほら見られる。

そっと目を伏せた知香は、陽菜に言った。

「お友達がいっぱいだね。陽菜も遊ぼうか」

「うーん……」

陽菜は少し戸惑っているようだ。

島の公園はこぢんまりしたもので、遊び相手なんていなかったから、こんなにたくさんの子どもたちがいる賑やかな光景を彼女は初めて見たのである。

知香の手を離さない陽菜は、遊具に近寄ろうとしない。

目の前の滑り台では、順番待ちをしている子どもたちが次々に梯子《はしご》を上り、楽しそうに滑っていた。

「滑り台はどう？　ママが陽菜の体を支えるから、大丈夫だよ」

「やだ」

はっきり断った陽菜は首を横に振る。

この調子で保育園に馴染めるのだろうか。知香は少し心配になった。

無理にやらせるわけにもいかないので、仕方なく公園の隅にあるベンチに向かう。

しばらく眺めていたら、慣れてくるかもしれない。

ベンチに腰を下ろす知香の傍で、屈んだ陽菜は蟻《あり》の行列をじっと見ていた。

「陽菜、アリさんにさわったらダメだよ」

「うん」

さわろうとはしていないが、念のため注意しておく。

陽菜を見ながら、麦茶の入った水筒をバッグから取り出した。脱水症状を防ぐために、外で活動するときは少しずつ水分を摂《と》らせないといけない。

「陽菜、お茶を……あっ」

ところが、キャップを外すときに手が滑った。

水筒が傾き、麦茶を膝にこぼしてしまう。

少しだけなのでたいしたことはないが、ズボンが濡れていた。

「あー……こぼしちゃった。ハンカチは……」

ポケットを探っていた、そのとき。

すっと、横から白のハンカチが差し出される。

「どうぞ」

「あっ、すみません。でも、大丈夫です。持っているので……」

ポケットから自分のハンカチを取り出した知香は、はっとして息を呑む。

親切な人から差し出された白のハンカチには、刺繍があった。

小さな白い花びらと、中心部の黄色、それに浅黄色の茎と葉。

手縫いのカモミールは見覚えがある。

知香が学生のときに、自分で刺繍したものだ。しかもハンカチには、かすかにコーヒーの染みらしきものの跡が残っていた。

これは昔、理人に貸したハンカチだった。

おそるおそる顔を上げると、そこには優しい笑みを浮かべた理人がいた。

「久しぶり。元気だったか？」

三年ぶりに聞いた彼の声に、胸から熱いものが込み上げる。

だけど努めて気にしないよう、知香は必死に自分を抑えた。

再会した理人は昔と変わらず、端整な顔立ちで、すらりとした体形をしていた。変わったのは髪形くらいで、やや前髪が伸びただろうか。白のシャツにスラックスという簡素な格好が、彼のスタイルのよさを際立たせている。

「理人さん……」

呆然としてつぶやく。

理人が差し出したハンカチには手を伸ばせなかった。

知香は左手に水筒を持ち、右手には自分のハンカチを掲げたまま、固まっていた。

理人はつと、知香の手にしたハンカチに目を落とす。

「そのハンカチ、まだ使ってくれていたんだな」

「あ……」

純白のハンカチの縁は、繊細なレースが飾られている。これは貸したハンカチの代わりにと、理人からプレゼントされたものだ。しばらく使わないで取っておいたのだけれど、陽菜が生まれたときに思いきって封を切った。

赤ちゃんの口元を拭くためにハンカチはたくさん必要なので、理人からもらったこのハンカチを今では日常的に使用している。

「よだれを拭くから……。もう、赤ちゃんを卒業したから、手拭きに使ってるんです」

ぎこちなく説明する。

陽菜は、ちらとこちらを見たけれど、また蟻の列に視線を戻した。

知香とともに娘に目をやった理人は、すっと隣に腰を下ろす。

彼は刺繍入りのハンカチをまだ手に持っていて、それを膝に置いた。

「子どもが生まれたんだな。知らなかったよ」

「……うん」

うつむいた知香は唇を引き結ぶ。

理人はどうして、ここへやってきたのだろう。

たまたま通りかかったのだろうか。

そうだとしたら、どうして刺繍入りのハンカチを持っていたのか。

緊張して身を強張らせていると、彼は率直に訊ねてきた。

「俺の子か?」

「……違います」

理人と目を合わせずに答える。

彼に迷惑をかけないと決めたのだから、そう言うしかなかった。

だけど理人は動揺することもなく、冷静に言葉を綴る。

「知香が急に病院を辞めたとき、なにかあったと思った。この子は二歳くらいだろう。月齢を逆算すると、きみが退職するときにはすでに妊娠していたはずだ」

「それは……その……」

「俺は責めたいわけじゃない。ただ、知香ときちんと話し合いたかっただけなんだ。何度も知香の実家を訪ねたが、連絡先は教えてもらえなかった」

　理人は知香との話し合いを望んでいる。

　三年前にも、彼はそう言っていた。

　だけど今さら、なにを話すことがあるというのか。

「私たちの間にはなにもありませんでしたし、私が今後、理人さんに迷惑をかけることはないです」

　きっぱりとそう告げると、理人は眉根を寄せる。

　彼の将来のために身を引いたのに、理人に納得した様子はなかった。

「なぜ俺から逃げるんだ。俺がアメリカ留学のためにきみを捨てるとでも思ったのか」

「やめてください。子どもの前なので……」

　背中を向けている陽菜はこちらを見ないが、もちろん聞こえているはずだ。母親が知らない男性と揉めているのを快く思わないだろう。

陽菜には理人の写真を見せてはいないし、父親についてなにも言っていない。ここで打ち明けるわけにはいかなかった。

セフレのように付き合っていたことは、なかったものにするしかない。

陽菜には父親はいないのだ。理人にはなんの関係もない。

それがもっとも正しい解決策だと、知香は思った。

「いいや。まだなにも解決していない。子どもがいるなら、なおさら話し合わなければならないだろう」

理人が食い下がるので、知香は困惑した。

彼がこんなに熱くなるとは思わなかった。

ひとりで子どもを産み育て、理人のことは忘れると思っていたのは、知香の勝手だったということを思い知る。

知香が去ったあのときから、なにも終わっていなかったのだ。

理人の言うとおり、知香は逃げていただけなのだろうか。

なにも言えずうつむいていると、理人は刺繍入りのハンカチをポケットにしまう。

それがある限り、彼は知香のことを処理できないのだろうか。

いっそ捨ててくれたらいいのにと思ってしまう。

「俺の近況を話さずに、突然すまなかった。聞いているかもしれないが、すでにアメリカ留学は終えて、帰国しているんだ。今は開業の準備をしている」

最後の台詞に引っかかった知香は目を瞬かせる。

開業の準備とは、どういうことか。

医師が自分の医院を開業するには、勤務医を退職しなければならない。理人は次期教授の椅子を約束されているはずなのに、病院を辞めるわけがなかった。

「えっ……開業って、どういうことですか？　だって母が持っていた名刺には……」

「留学前に神無崎中央総合病院を退職した。これからは地域の開業医としてやっていくよ」

どういう事情があるのか知らないが、理人は開業医に転向するらしい。

アメリカ留学をして彼の意識が変わったのかもしれない。

いずれにせよ、院長の令嬢と結婚していれば資金の心配はないだろうし、今後も安泰だろう。

「そうですか……。おめでとうございます」

「知香は今、どこに勤めているんだ？」

「今は家の手伝いをしています」

看護師に復職するつもりでいるなんて言ったら、理人とのつながりができてしまうかもしれない。それは避けたかった。

すると、立ち上がった陽菜がこちらにやってきた。

「ママ、むぎちゃ」

「あっ、忘れてごめんね。麦茶ね」

今度はキャップを慎重に取った知香は、水筒を支えて麦茶を飲ませる。陽菜は小さな手で水筒を押さえながら、ごくごくと喉を鳴らした。

以前はストロー付きの水筒で飲ませていたのだけれど、もう赤ちゃんじゃないと陽菜に言われて、通常の水筒に変えたのだ。

口端にこぼれた麦茶を、純白のハンカチでそっと拭き取る。

それを理人は双眸を細めて見つめた。

「今も麦茶が好きなんだな」

「うん。むぎちゃ、ちゅき」

なぜか陽菜が答えてしまう。民宿で宿泊客に可愛がられて育ったためか、知らない大人と話すのを怖がらないのだ。

理人は子どもが嫌いなはずだけれど、医師として子どもに接するのは慣れているからか、笑みを浮かべて陽菜に問いかけた。

「お名前はなんていうのかな？」

「ひな」

理人に向かって、彼女は無垢な瞳を向ける。

陽菜の名を聞いた理人が、目を見開く。

どうしたのだろうと、知香は内心で首を傾げた。

赤ちゃんが生まれたときに知香が考えた名前だが、女の子としてありふれていると思える。

「俺は『ひむろ・りひと』だから、陽菜ちゃんと同じだ。『ひ』が入ってる」

はっとした知香は、そのことに初めて気がついた。

まるで理人の音をもらって、娘に名づけたようになっている。

そういえば昔、アフタヌーンティーのときに理人が「知香は俺を見たら『ひ』と言いたいみたいだな」と話していたことを思い出した。知香は愛しさを込めて、理人の名を発音していた。

私、いつの間にか、理人さんを意識していたんだ……。

そんなつもりで名づけたわけではなかったので、新たな事実を発見して驚いてしまう。

なにも知らない陽菜は、素直に頷いた。

「うん。おんなじ」

「それじゃあ、一緒に遊ぼうか。滑り台はどうかな？」

「うん。りひととあそぶ」

すっと立ち上がった理人は、陽菜と自然に手をつなぐ。

ふたりは滑り台のほうへ歩いていった。

止めようとした知香は腰を浮かしかけたが、またベンチに座り直す。

少し揉めているところを見せてしまった後ろめたさから、口出しするのは憚られた。

公園内なので、なにかあったらすぐに駆けつけられる。ここで見守っていれば大丈夫だろう。

理人は梯子を上る陽菜が落ちないよう背中に手を添えて、滑り台を滑り降りるときも、そっと支えていた。さらにふたりはブランコへ行き、手をつないで順番を待っている。

その姿はまるで本当の親子のようだ。

ふたりは今日初めて会ったのに、どうしてあれほど打ち解けているのだろう。

ブランコに陽菜を乗せた理人は、ゆっくり背中を押した。

陽菜は声を上げて笑っている。

いつもはおとなしい娘が、あんなに楽しそうにしているなんて、初めて見たかもしれない。知香の胸が切なさに引き絞られる。

知香は、陽菜から父親を奪ったのだ。

そのことに今まで目を背けていたけれど、それは紛れもない事実だったのだと、ふたりが楽しそうに遊ぶ姿を見て認識させられる。

やがて、ふたりはベンチに戻ってきた。

先ほどは気後れして遊べなかった陽菜だったが、充実した笑みを見せている。

「陽菜ちゃんはすごくお利口だ。お話しも上手だな」

彼の言葉に愛情が溢れている気がして、知香は不思議に思う。

ぎゅっとハンカチを握りしめ、彼に小さな声で問いかけた。

「子どもは嫌いじゃなかったんですか？」

「なぜ、そんなことを？」

「昔、言ってたじゃないですか。小児病棟で、手術を控えている患者の診察をしたあと『子どもは嫌いだ』って漏らしてました」

当時を思い出すように遠くを見やりながら、理人は知香の隣に腰を下ろす。

陽菜はまたベンチの傍らに屈んで、蟻の行列を眺めていた。

すぐ傍にいる陽菜の小さな背をふたりで見守っていると、理人は淡々と語り出す。

「あれは、そういう意味じゃない。小さな子どもでも手術が怖いものだと理解している。その恐れを与えるのはすなわち医師だから、俺は恐怖の対象になっている。小児患者に対して優しくしても根本的な恐れは取り除けないから、その状況を嫌いだと言ったんだ」

「……そうだったんですね」

てっきり、子どもそのものが嫌いという意味だと捉えていたが、そうではなかった。

理人は医師として、小児患者を思っての発言だったのだ。

「子どもは可愛いよ。だけどこんなふうに遊んであげたのは初めてだ」

「私……理人さんを誤解してました。あなたは子どもが嫌いだから、いらないんだろうと思い込んでいました」

そう言うと、理人は真顔になる。

彼は真摯な双眸をこちらに向けた。

「俺に、誤解をとくチャンスをくれ。きみが好きだ。俺は自分の想いを正しく伝えきれていなかったことを、ずっと後悔していた」

まっすぐに想いを告げられて、瞠目する。

理人からそんなふうに告白されるなんて、思いもよらなかった。

ふたりはセフレのようなものだと思っていたけれど、それは誤解だったのだろうか。

だけど、誤解をとくには遅すぎたのではないか。

あれからもう三年もの月日が流れている。それに理人は結婚しているのではないか。もしくは令嬢との結婚を控えているはずだ。

そんな話を公園でするわけにもいかず、知香は口籠もる。

「でも……ここでそんなこと……」

「そうだな。公園でついでにするような話じゃない。だから、きちんと話し合う場を設けさせてくれ」

理人に好きと言われて、心が動かないと言えば嘘になる。

彼が釈明したいと言うのなら、話し合おうと思った。

それに理人はすでに、陽菜が自分の子だと気づいている。もう誤魔化《ごまか》すことはできない。

「わかりました。理人さんと、きちんと話し合います」

そう言うと、ほっとした顔を見せた理人はスマホを取り出す。

「よかった。それじゃあ、連絡先を教えてほしい」

「そうですね。交換しましょう」

これ以上、実家を訪ねられたら、両親にさらに心配をかけてしまう。

仕方ないので、知香は理人と連絡先を交換した。

一度は消した彼の電話番号が、再び登録される。

「……前の番号と同じなんですね」

「アメリカに行ってからも、そのままにしていた。いつ知香から電話が来てもいいようにな」

その言葉に、理人の執着の深さを知る。

彼は知香のことを忘れてなんていなかった。

遠いアメリカの地にいても、ずっと再会を願っていたのだ。

「どうして、そんなに……？　もう三年も経ったから、忘れられていると思ってました」

理人にとって、自分はそんなに執着するような相手ではないはず。

一介の看護師だから、遊び相手に過ぎないと思っていた。

彼の医師としての成功のためには、知香なんて見限っていいのに、なぜか理人はそうしない。

スマホをしまった理人は、優しい微笑みを浮かべる。

「好きだからだ。忘れるなんて、できるわけない」

彼の甘くて低い声が、じん、と胸に染み入る。

ずっと、このときめきを忘れていた。

理人への恋心は、消えてなくなったわけではなかった。

三年前も好きだとは言われていたけれど、それを真剣なものとして受け止めきれなかった。

知香は今まで見ないふりをしていただけだったと、気づかされた。

彼への想いは、胸の奥に宿ったままだということに。

理人に再会した数日後――。

知香は自室で、そっと部屋着を脱ぐ。リボンのついたブラウスに着替え、マーメイドスカートを合わせる。髪を梳《と》かして薄化粧を施し、ふうと息をつく。

こういった綺麗な支度をするなんて、久しぶりだった。陽菜の入園式のために買った紺色のスーツでは仰々しすぎると思うので、ブラウスだけを流用してみたけれど、おかしくないだろうかと何度も鏡で見直す。

今夜は、理人からディナーに誘われていた。

彼はきちんとした話し合いを望んでいるので、そのための場だろう。電話をもらったときは断ろうかと思ったけれど、知香は承諾した。

いつまでも彼を避けてはいられないので、理人に向き合おうと思った。

すでに陽は落ち、窓の外には宵闇が広がっている。

部屋では布団で陽菜が眠っていた。

込み入った話になるし、夜なので陽菜は連れていけない。母に預けようと思ったが、遊び疲れたのか入浴後すぐに眠ってしまった。

公園で理人に会ったあと、陽菜はなにも言わなかった。

おそらく彼のことは、ママの知り合いとしか思っていないだろう。

そもそも、陽菜が「パパ」という単語を知っているのか確認したことがない。

それは知香が避けているからにほかならなかった。

陽菜の父親の件について、向き合うのを恐れているからだ。

もう、はっきりさせる時期が来たのかもしれないけれど、まだ困惑していた。

理人から突然告白されるなんて、どうしたらいいのかわからない。

だけど彼にとっては急に思い立ったわけではないのだ。

理人は知香を忘れられなかったと言った。

三年前に果たせなかったことを取り返そうというのだろうか。

彼をまだ好きだから、きっぱりと切り捨てられない。

溜息をついて、無垢な寝顔を見せている陽菜の髪をそっと撫でる。

「私も……忘れられなかった」

胸の奥底にしまい込んでいたけれど、理人のことが、まだ好きだった。

彼と交わした応酬や、優しい笑み、愛を囁いた甘くて低い声、どれもが鮮明に脳裏に焼きついている。そうして何度も思い出を取り出しては愛でているのだから、忘れられるはずがなかった。

そっと立ち上がった知香は、バッグを持って部屋を出た。

階段を下りて、居間にいる母に声をかける。

「お母さん、行ってくるね。陽菜は寝てるから」

母には食事会があるので、娘を見ていてほしいと伝えてある。

後片付けをしていた母は頷いた。父は風呂に入っている。

「いってらっしゃい。……氷室さんに会いに行くんでしょう？」

「えっ！　どうして知ってるの？」

「知香の顔を見たらわかるわよ。友達に会うなら、そんなに戸惑ってるわけないでしょう」

母はすべてわかっている。

溜息をこぼした知香は額に手を当てた。

「そうだけど……別になにかあるわけじゃなくて、話をするだけだから」

「陽菜のためにも、認知してもらったほうがいいわよ。氷室さんはそのつもりだから、あなたに会いたいのよ」

「……だから、そんな話じゃないんだったら」

母は娘と孫のためを思って勧めているのだとわかるが、そのような具体的な話をするつもりはない。

理人はすでに陽菜が自分の子だとわかっているだろうけれど、知香は認めるつもりはなかった。

今夜はただ、理人が三年前にわだかまりを抱えたままだったことを解消するために、食事をするだけだ。

そのとき、家の呼び鈴が鳴った。

「あら……誰かしら、今頃」

つぶやいた母とともに玄関へ向かうと、扉が開く。

そこにはスーツを着込んだ理人が、微笑を浮かべて立っていた。

「こんばんは。知香さんを迎えに来ました」

堂々と家を訪ねる彼に驚いてしまう。

婚約者というわけでもないのだから、こっそりスマホで呼び出されるものと思っていた。

だけど彼は度々実家を訪ねていたのだから、逃げも隠れもしないのだろう。

母は平然として、理人に応じる。

「あら、氷室さん。知香をお願いしますね」

「お嬢さんを責任を持ってお預かりします」

折り目正しく挨拶する理人を目にして、なぜか知香が照れてしまう。

バッグを手にした知香はハイヒールを履くと、慌てて玄関を出た。

「理人さん、どうして堂々と来るの？　お父さんに怒鳴られたこともあったんですよね」

「なんと言われようが、きみを諦めることはできない。俺に隠れる理由はないよ」

呆れる知香の手を、理人は掬い上げる。

彼の頼もしい手のぬくもりを三年ぶりに感じて、どきんと胸が弾む。

助手席に乗せられると、車は夜の街を滑り出した。


理人の車で連れられていった先は、ラグジュアリーホテルだった。

昔、彼とアフタヌーンティーをしたところとは異なる系列だが、高級なホテルを訪れるのはそれ以来だ。

眩《まばゆ》い照明が輝いている車寄せには、高級車やタクシーがいくつも停車している。しばらく島暮らしをしていた知香は、こんなにも煌びやかな世界を久しぶりに見たので、すっかり臆してしまう。

「すごい豪華なホテルですね……」

「記念のディナーだからね。ホスピタリティの高いところを選んだ」

記念とはどういうことだろう。知香は内心で首を捻る。

今夜は話をするための食事会ではないのか。

昔話をして、理人の疑問が解消したら、それで終わりなのではないか。

でも、せっかく理人が食事に誘ってくれたのだから、今日は落ち着いて話をして、ディナーを楽しもうと思った。

好きだと言われているけれど、こんなふうに会うのはよくない。

これで最後かもしれないから――。

そう思うと、心が切なく軋む。

けれど知香は平気なふりをして、微笑を保つ。

車寄せに到着すると、理人は運転席から降りた。

「知香は自分でドアを開けないで。エスコートを待つんだ」

「はい」

淑女は自らドアを開けて車を降りないらしい。

それがラグジュアリーホテルでのマナーのようだ。

席に座って待っていると、お仕着せをまとったドアマンが助手席を開けようとする。

それを軽く手を上げて制した理人は、自らドアを開けた。

「俺の手を取って」

「は、はい」

大きなてのひらを差し出され、どきどきしながら自分の手を預ける。

理人がエスコートしてくれるらしい。

まるでお姫様みたいな扱いに慣れなくて、緊張してしまう。

彼のエスコートにより、さらりとマーメイドスカートの裾を翻して車から降りる。

ふたりは手をつないだまま、エントランスへ向かう。

ホテルのエントランスは煌びやかな光に溢れていた。

広いフロアは天井が高く、華麗なシャンデリアがきらきらと輝きを放っている。豪《ごう》奢《しゃ》な絨毯がどこまでも広がっていて、そこかしこに設置されたソファには、上等な服を着た人々が座って談笑していた。

「……理人さん。この手のつなぎ方は、なんだか恥ずかしいんですけど」

理人はつないだ手を、胸の辺りまで高く掲げているのだ。

まるで海外のセレブみたいで、少々恥ずかしい。

だけど、理人の気品に溢れた佇まいのためか、滑稽には見えないから不思議だ。

レセプションに控えているホテルマンは、ふたりが通りかかると丁寧にお辞儀をする。

理人は優しい微笑みを浮かべた。

「今夜は、きみをお姫様扱いするから覚悟してくれ。ずっと俺にエスコートされているんだよ」

そんなことを言われて、かぁっと顔が熱くなる。

昔も、理人は知香を大切にしてくれた。

だけど今は直截《ちょくせつ》な言葉を使って、知香が特別な人みたいに扱うので驚いてしまう。

ふたりはロビーフロアを通り抜け、エレベーターへ向かう。

扉が飴色のマーブル模様を描くエレベーターに乗り込むと、理人は最上階のボタンを押した。

狭い箱の中は、ふたりきりしかいない。

ふと理人が、知香の右の耳を見やる。

髪を下ろしているが、隙間から耳朶が見えるはずだ。

彼の視線を感じるまで、傷跡のことなんてすっかり忘れていた。日々が多忙だったのもあるけれど、傷跡のコンプレックスがなくなったから。

昔、傷について話したとき、彼が慰めてくれたことを思い出す。

あのときに、知香は理人から勇気をもらえた。気にする必要なんてないんだと、コンプレックスを克服できたのだ。

彼の指先が、そっと髪を掻き分ける。

耳朶に残る傷跡に指が触れ、びくんと肩が跳ね上がった。
「あっ……」
思わず声を上げてしまう。
すると、すぐに理人は手を引いた。
「すまない。痛かった？」
「いいえ、びっくりしただけです……」
心臓がどきどきと高鳴っている。
冷たい耳に熱い体温が触れて、その感覚に懐かしい疼《うず》きを覚えた。
自らの髪に手をやり、耳元に触れる。
理人に触れられた途端、彼に耳を執拗に愛撫された記憶がよみがえった。
快感を得たことに戸惑いつつも、体を熱くさせてしまう。
いけない……今から食事なんだから……。
気を取り直した知香は、努めて平静を装った。
すぐにエレベーターは最上階に到着する。
手を握り直した理人が、ぎゅっと力を込めた気がするのは思い過ごしだろうか。
だけど彼は知香の手を握り潰そうというほどではなく、ほどよい力加減で握っている。まるで守られているような安心感に包まれた。

最上階のレストランは高級感のある佇まいで、テーブルに点るクリスタルランプが薄闇の空間を仄《ほの》かに照らしていた。広い窓からは極上の夜景が見渡せる。

「落ち着いて食事したいから、個室をリザーブしてある」

しかも理人は個室を予約してくれたようだ。

こんなに素敵なレストランの個室だなんて、とても高いのではないか。

テーブルを通り抜けて店の奥にある個室に案内される。

そこは瀟洒な空間だった。円卓には純白のテーブルクロスがかけられ、煌びやかな食器とグラスが整えられている。まるで貴族のティールームのような趣があった。

テーブル越しに見える夜景は、きらきらと光り輝いていて、特上の眺めだ。

「わあ……素敵ですね」

「喜んでくれた?」

「はい、とっても。こんなに綺麗な夜景は初めて見たかも」

夜の海に浮かぶ漁《いさ》り火《び》とはまた違った美しさに、感嘆の息をこぼす。

理人が椅子を引いてくれたので、知香はそこに腰を下ろした。

向かいに腰かけた理人は優しい笑みを向ける。

「これまでは、デートらしいことをしてこなかった。だから知香に嫌われたのかと思っていたんだ」

「デートって……したじゃないですか。アフタヌーンティーに行きましたよね」

「あれは付き合う前だろう。付き合ってからは、そういえば一度も外で食事したことがなかった」

「そうですけど……仕事が忙しかったんですから、仕方ないですよ」

デートらしいことをしていないというのも、ふたりはセフレなのかなと思った要因ではある。

だけど理人は多忙な外科医なのだから、無理を言ってはいけないとわかっていた。

とはいえ、不満がなかったといえば嘘になるけれど。

理人さんは、どうして後悔してるみたいなことを言うのかな……。

まるで知香との復縁を望んでいるみたいだ。

それに彼が「付き合う」という言葉を使ったのが気になった。

言葉のあやかもしれないが、ふたりは恋人だったと彼は認識しているような気がする。

確かに、はっきり「セフレ」だと言われたわけではないのだが。

この、あやふやな関係に、今夜こそ終止符が打たれるのだろうか。

はっきりさせたいという思いはあるものの、今さら蒸し返さなくてもいいのではという気持ちもある。

だけど、すべては昔話だ。

だから今夜は、知香から切り出して、三年前から互いが抱えていたものを解消させようと思っていた。

そんなふうに考えていると、ウェイターがボトルワインを手にしてきた。

卓上には華奢なデザインのフルートグラスが置いてある。

「理人さんは、お酒は飲めないんですよね？」

「うん。俺はノンアルコールのワインをオーダーしてある。知香は飲むといい」

「それじゃあ、一杯だけいただきます」

お酒が飲めないところも、彼は昔のままだった。

もっとも、体質的に飲めないのか、それとも職業上の信条で飲酒しないのかまでは知らない。

ただ理人のこだわりを守りたいと思っている。だから知香は問いつめるようなことを言わなかった。それがふたりの関係が曖昧なままになったことにもつながったのかもしれない。

知香のフルートグラスにのみ、ボトルワインから黄金色の液体が注がれる。

続いてウェイターは別のボトルを持ってきた。そちらはノンアルコールワインで、透き通ったピンク色をしている。

それぞれのフルートグラスが満たされて、理人は細い柄を持ち上げた。

「再会に乾杯」

知香も慎重に柄を摘む。

「乾杯」

黄金色と紅色のスパークリングワインが、グラス越しに煌めく夜景を映し出している。

こうして理人と再会して食事できるなんて僥倖《ぎょうこう》だ。

彼は遠い世界の人なのだから、もう二度と会えないと思っていた。

まっすぐな気泡を立ち昇らせているスパークリングワインを口に含むと、極上の味わいがした。

爽やかなのに奥深いアロマが口の中いっぱいに広がる。

「今夜は特別なディナーを予約しているから、ぜひ楽しんでほしい」

「ありがとう、理人さん。でも私の誕生日でもないのに、どうして記念日みたいになっているの？」

フルートグラスを品のある仕草でテーブルに置いた理人は、優雅に微笑んだ。

「今日は記念日だよ。知香と再会して、初めてのデートだろう？」

デートという言葉を何度も使われて、また顔を熱くさせてしまう。

彼の意図を知りたいと思ったが、ウェイターが前菜を運んできたので知香は口を噤んだ。

前菜はフォアグラのテリーヌが、ガルニチュールとともに繊細に盛りつけられていた。魚料理はオマール海老のポシェで、魚の出汁《だし》を使ったクリュスタッセソースは濃厚なのに仄かなココナッツの甘味が感じられる。

メインである仔羊《こひつじ》のフィレ肉にナイフを入れ、豪華なディナーを堪能した。

理人は会食などで慣れているのか、品のよい所作でカトラリーを操っている。

やがてメイン料理を食べ終えると、紅茶とともにデセールが提供された。

チョコレートのアイスクリームとベリーが華麗に彩られたデセールは、まるで芸術品のごとく美しい。

とろりとしたアイスクリームを銀色のスプーンで掬い上げる。

デセールの優雅な時間が流れる中、意を決した知香は口を開いた。

「理人さんは、どうして今頃になって私を追いかけようとするんですか？」

デートと称したり、豪華なディナーを予約してくれたりと、三年前にはなかった待遇で知香を迎えようとしているのは明らかだった。

その行為にも割り切れないものを感じる。だから、彼に向き合わなければならない。

紅茶を飲んでいた理人は、つとカップを置いた。

「今頃とは？　俺たちは、今もまだ恋人だよな」

「えっ」

唐突にそんなことを言われたので、驚いた知香のスプーンからアイスクリームが落下する。

確かに別れを告げたわけではないけれど、あれからもう三年もの月日が経っている。その間に一度も連絡を取らなかったのに、まだ恋人だなんて堂々と言う理人に、腹が立った。

これまで自分が苦悩していたのはなんだったのかという思いが湧く。

恋人だと思っていたのなら、どうしてあのときに明確にしてくれなかったのか。

銀色のスプーンを置いた知香は、理人を見返した。

「私はもうあなたと会うつもりはなかったんです。もう蒸し返さず、そのままにしておきたいと思っていました。でも理人さんに向き合わずに去ってしまったのは事実だから、最後にあなたの話を聞かないといけないと思ったんです。それなのにどうしてあなたは今になってそんなことを言い出すんですか」

まるで昔に戻ったかのように、知香は思ったことをまっすぐに言えた。

理人と関係を持ってからは、遠慮して彼に言いたいことを言えなくなっていた。それゆえに悩みを抱えていたというのもあるが、三年が経過して様々なことがあり、離れていたからこそ、もとの自分らしさを取り戻せた気がした。

言い分を聞いた理人は真摯な双眸を向けてきた。

「今まで俺がきみとの関係を明確にしなかったのが悪かったと思う。俺は、知香と真面目に交際しているつもりだった。きみに言ってきた『好きだ』はすべて本心だ。その気持ちは今も変わらない」

彼から真剣に想いを告げられて、困惑する。

だけど、今も変わらないなんて発言していいものか。彼には奥様がいるはず。

院長の推薦でアメリカ留学を果たしたのに、結婚はしないなんていうわけにはいかないだろう。

「でも、理人さんは結婚しているんじゃないですか？」

「いいや。俺は独身だよ」

「えっ……だって、院長のご息女と結婚するっていう話だったでしょう？」

「あれは断った。あのとき院長から、アメリカ留学と結婚の両方を提示されたのは確かだ。だが俺には知香がいるから、結婚はできないと当時から決めていたよ」

彼の思いを知り、目を見開く。

医師としての成功のためには、知香なんて不要だと思っていた。捨てられるのは当然だと決めつけていたけれど、彼はそういった気持ちではなかったのだ。

「そうだったんですね……。でも、アメリカには留学したんですよね」

結婚を断ったのなら、留学の推薦も得られないのではないだろうか。

令嬢と結婚するという条件がついているからこそ、院長は理人を重用するのだろうし、知香は彼の夢を叶えるために身を引かざるを得ないと思ったのだ。

頷いた理人は淡々と説明する。

「アメリカ留学は俺の夢だった。だけど結婚しないのに院長の推薦を受けるわけにはいかないから、すべて断ったんだ。代わりに国際学会からの推薦を得て留学を果たした」

「……そうでしたか」

「アメリカ留学はとても有意義だった。その上で地域医療の重要性に気づき、開業したいという思いも湧いた。帰国して、知香の姿を見かけてからは、開業の準備を急いでいたよ」

「えっ、私のこと、見かけてたんですか？」

まったく気づかなかった。彼はもうアメリカに行って、遠い世界の人になってしまったと思っていたから。

まっすぐに鳶色の双眸が向けられる。

彼は一分たりとも、知香から視線を逸らさなかった。

「初めは偶然だったが、遠目に見ていたよ。遠いところへ引っ越したのかと思ったけれど、戻ってきたんだな。小さな子の手を引いているから、あのときから妊娠していたんだと気づいて、いろいろと納得した」

「……親戚が民宿を経営しているので、飛魚島で暮らしてました。陽菜はそこで育ったんです」

「そうか。これからは、実家で暮らすのか？」

「ええ。近所の保育園に通うので……。父の具合がよくなるまで、家事を手伝いながら子育てします」

「知香の人生に、俺も、いてもいいか」

はっとして彼の目を見ると、澄み切った鳶色の瞳にぶつかる。

懐に手を入れた理人は、藍色の小箱を取り出した。

それの蓋を開けて、知香の前に差し出す。

「これは……」

小箱に入っていたのは、大粒のダイヤモンドだった。

ブリリアントカットのダイヤモンドリングは永遠の愛を表す。

「結婚しよう。これからの人生をともに歩みたい」

その言葉を、瞠目して受け止める。

なぜならそれは、三年前のアフタヌーンティーのときに、知香が話した理想のプロポーズの台詞だったから。

思いつきで言っただけなのに、理人はあのときのことを覚えていたのだ。

「俺は、アメリカ留学という自分の夢を叶えたが、知香との関係を曖昧にしたまま離れて後悔した。俺のこれからの夢は、今はきみと一緒だ。好きな人と結婚して、子どもを授かるという夢があると、きみは言った。それは今も知香の胸の中にあるはずだ。

なぜなら夢というものは、時間の経過により消えてなくなったりしないと、俺自身がよくわかっているからだ」

「いつか好きな人にそんな台詞を言われたい――と笑って言った知香の望みを、彼は叶えた。そして結婚の夢も叶えようと、ダイヤモンドを用意してプロポーズしたのだ。

あらためて、いかに理人が木訥《ぼくとつ》で真面目な性分かと思い知る。

だけど、彼から今頃になって求婚されるなんて、想像していなかった。知香はとっくに、理人との結婚なんて諦めていた。

諦めたからこそ島に引っ越して、ひっそりと出産したのだ。

赤ちゃんの顔を見て、この子がこれからの支えになると胸に刻んだ。

理人との関係はすべて終わったはずだった。

それなのに、どうして理人は過去に戻ったようなことをするのだろう。

理解できず、知香はダイヤモンドの輝きから目を逸らす。

「……理人さんは、都合がよすぎます。三年前の私は話し合いから逃げましたけど、アメリカに行って夢を叶えてから今度は結婚しようなんて、あなたを忘れようとしていた私の気持ちはどうなるんですか？」

「俺が悪かった。知香が納得できるまで、何度でも謝る。何時間でも話し合う」

彼が真剣に知香との将来を考えているという想いは伝わった。

だけど今さら戻れるわけがない。

もう三年前とは状況が違う。あのときにすれ違ったまま時が過ぎてしまったものを修正するのは、容易ではなかった。自分の気持ちの問題だけではなく、ふたりの立場が変化しているのだから。

「結婚できません……。指輪は受け取れませんから」

「俺を許せないのか」

「そうじゃないんですけど……私はシングルマザーなんですよ。理人さんは開業を控えているのに、未婚の母と結婚したなんてことになったら、世間体が悪いじゃないですか」

気まずい思いで紅茶を一口飲んだ知香はうつむいた。

理人は今も独身だそうだが、だからこそシングルマザーと結婚したら、周囲からなにか事情でもあるのかと思われかねない。これから開業医になるにあたり、よくない噂が立ってはいけないだろう。

勤務医と違い、開業医は地元の住民が患者になる。医療の腕だけでなく、清廉潔白な人物であるかどうかも、患者は判断材料にするだろう。

知香のような子持ちの女がまとわりついていたら、彼の名声に傷がついてしまう。

そう考えると、過去をやり直すという理由だけで彼の傍にいることはできない。結婚して責任を取ったからといって、失われた三年が戻ってくるわけではない。

だけど理人は小箱を捧《ささ》げた腕を下ろさなかった。

「世間体なんて気にしない。それに陽菜は俺の子だろう。結婚するのが遅くなっただけのことだ」

「待ってください。私は理人さんと交際しているわけじゃないと思っていたんです。だから身を引いたんです。陽菜があなたの子どもだなんて言ってません。それなのに今さら結婚を持ち出されても困ります」

知香はまだ、陽菜が理人の子だと認めていない。

それを認めたら、すべてを容認しなければならなくなる。

つまり知香が堪え忍んだ三年間が、無駄だったことになるのではないか。

何度も理人を忘れようと思った。

もう会えないと思って涙がこぼれそうになったけれど、陽菜のために泣けなかった。

あの苦しみを、あっさり覆されたら、これまでの苦労はなんだったのかわからなくなる。

航路の変更を余儀なくされた船が、変更した海路を順調に航行していたのに、やっぱりもとの地点に戻ってよい、変更はなかったことにするなんて言われたら、誰でも困惑するのではないか。

今さらやり直せない。

理人と結婚できない。

もうそのような夢は捨て去ったのだ。

彼にも諦めてほしかった。

唇を引き結んでいる知香を目にして、理人は静かに小箱を下ろした。

「きみの言い分はわかった。すぐに信頼を取り戻せるとは思っていない。だけど、俺が本気できみを好きだということだけは、わかってほしい」

知香は小さく頷く。

昔から、彼は何度も「好きだ」と好意を伝えてくれていた。

それを素直に受け止められないのは、知香に自信がないからだ。

ありのままの知香を彼は愛してくれるのに、自分なんて理人にふさわしくないという思いが、愛情の享受を邪魔する。

知香だって、今でも理人が好きだ。

好きでなければ、そもそも体を許さないし、妊娠していない。

だけどこれまで理人に一度も「好き」と言っていなかった。

考えてみれば、もはやこだわる必要はないことに気がつく。

ふたりはセフレではなかった。

少なくとも理人は、そういった認識ではなかったのだ。

だから、自分の気持ちを今こそ正直に述べておくのが、彼に対する礼儀ではないかと知香は思った。

理人の目をまっすぐに見返した知香は、勇気を持って告げる。

「私も……好きです」

口にすると、彼への愛情が溢れた。

忘れようと何度も思ったけれど、できなかった。

なぜなら知香の心の奥にはずっと、理人が好きという想いがあったから。

今まで押し込めていたけれど、ついに解放できた。

すると理人は目を見開く。

彼はまるで奇跡的なものを見聞きしたかのように、感激を露わにする。

「やっと、言ってくれたな」

「今まで、言えませんでした。自分の気持ちを伝えられるような関係じゃないと思い込んでいたので……でも、伝えたいと思っていたんです。もう遅すぎましたけど……」

「遅いなんてことはない。知香は今も、俺のことが好きなんだろう?」

ゆるりと知香は頷く。

昔も今も、理人のことが好きだ。

好きだからこそ、彼の子を産んだのだった。

それは否定できないし、彼に知っておいてほしいと思った。

指輪の入った小箱を懐にしまった理人だが、彼は代わりのものを取り出す。

それは知香のハンカチだった。

カモミールが刺繍されているハンカチは三年間理人に貸したままで、公園で再会したときも結局受け取れていない。

「あっ……そのハンカチ……」

「返さないといけないと思ってね。でも、これを返したら、知香はもう俺に会う理由をなくしてしまうのかな」

「まるで人質ですね」

くすっと思わず知香は笑ってしまう。

理人が予想しているとおりだった。そのハンカチを彼が持ち続けているからこそ、まだ彼とのつながりがあるような気がしていた。

だけど、そんなわけはなくて、単に貸し借りをした物だから、もう返してもらってもよいのだ。

知香は手を伸ばし、テーブル越しに受け取ろうとした。

「もう返してください。それがあると、いつまでも理人さんのことが忘れられませんから」

冗談めかしてそう言うと、理人は真顔になる。

彼は伸ばしかけた手を引く。

「やっぱり、返せないな」

「えっ」

「俺を忘れるなんて、それはいけない」

あくまでも冗談なのだが、それは理人もわかっているようで、彼は唇に弧を描く。

蠱惑《こわく》的な笑みに、どきんと心臓が跳ねた。

「……どうしたら、返してくれます？」

「そうだな。もう少し俺に付き合ってくれ」

知香は頷いた。

きっと今夜は帰れないだろうという予感がした。

だけどハンカチを返してもらうためだから、と自分に言い聞かせる。

それが免罪符であることはよくわかっていたけれど、理人の誘惑には抗《あらが》えなかった。

ディナーを終えると、ふたりはエレベーターに乗って別の階で降りる。

そこには宿泊するための部屋の扉が並んでいて、廊下は静まり返っていた。

ひとつの部屋の前に立った理人は、カードキーをかざす。

ガチャリと扉が開く音に、緊張した知香は身を強張らせた。

「どうぞ」

てのひらで促した理人を上目で見る。

知香が先に入らないといけないようだ。彼が部屋に入ったのを見計らって逃げ出すという選択肢は塞がれている。もっとも、そんなことができるわけがないのだけれど。

知香は理人の腕に囲われるようにして、室内に足を踏み入れる。

彼はレストランだけでなく、部屋も予約していたのだ。つまり初めから泊まるつもりでいた。ディナーに応じたときから逃げられなかったのだと思い知らされる。

薄暗いアプローチの向こうに、フルハイトの窓から広がる夜景が目に飛び込む。

煌びやかな橙色の明かりは、レストランで見たものとは別角度の光景だ。

部屋の照明がついていないので、より鮮明に夜景が浮かび上がっていた。

ふと知香は振り返る。

そのとき、強靭な腕に囚われた。

「あっ……」

理人に抱きしめられ、彼の腕の中にすっぽり収まる。

理人は右の耳朶にくちづけた。

熱い唇の感触に、過去の濃密な日々が思い起こされ、体の芯が火照ってしまう。

慌てた知香は腕の中でもがいた。

「理人さん……！」

「俺は、きみを抱きたい。三年も我慢していたんだ。ずっと会いたかった。もう離せない」

彼の情熱的な台詞が鼓膜に吹き込まれる。

もう理人から逃れられない。彼の執着を受け止めるしかないのは、わかっていたはずだった。

逞しい腕に手を添えて、想いを告げる。
「私も……ずっと理人さんに、会いたかった……」
押し殺していた想いを解放すると、眦から涙がこぼれた。
もう泣くのを我慢しなくてもいいのだろうか。
彼に愛されてもいいのか。
答えはまだ出ないけれど、今夜だけは理人に愛されたかった。
頤を掬い上げられて、後ろを向かされる。
惹かれ合う唇が重なる。
離れていた年月を埋めるかのように、ふたりはキスを貪り合った。

第六章　夢が叶えられるとき

深海のごとく薄闇に沈んだ店内には、緩やかな時間が流れている。

バーカウンターのスツールに座った理人は、グラスを傾けた。

爽やかな風味のモクテルには、ミントが浮かんでいる。

仕事ではないが、スーツを着込んでいた。

すると、音もなく隣のスツールに、とある人物が腰を下ろした。

「ウイスキーをロックで」

釈迦郡亮平はバーテンダーに注文すると、如才ない笑みを見せる。

「お久しぶりです、氷室先生」

「呼びつけて悪かったな」

「とんでもありません。開業されるそうですね。おめでとうございます」

「おまえに褒められると嫌味にしか聞こえない」

軽やかに笑った釈迦郡は、滑るように差し出されたロックグラスを手に取る。

それを掲げると、美味そうに喉を鳴らして飲んだ。

「氷室先生は相変わらずノンアルコールですか。まったく飲めないんですか?」

「俺の主義だ」

「そうですね。先生はいつでも秘密主義でした」

ちらと、釈迦郡を見やる。

病院を退職したので、もう釈迦郡とは縁がないのだが、最後に聞いておきたいことがあったので呼んだ。

もっとも彼としても、呼び出された理由は察しているようである。

男ふたりの密談は、バーが適している。スーツをまとったふたりは同期のサラリーマンにでも見えるだろうが、もちろん釈迦郡とは友人ではありえなかった。

モクテルのグラスを傾けた理人は、カウンターの向こうに並ぶ酒瓶を眺める。

「おまえ、知ってたんだな。俺と知香が付き合っていたことを」

理人を秘密主義と称して、自分はなにか知っていると匂わせたくせに、釈迦郡は一瞬だけ黙った。

カラン、とロックグラスの氷が転がる。

「それはわかりますよ。いつも駐車場で待ち合わせてるんですから。僕の車もあそこに停めてあるって、先生だって知ってるでしょう」

「それなのに、知香を奪おうとしたのはどうしてだ？」

院長から留学と結婚についての提案があったあと、知香と釈迦郡は屋上から下りてきた。

動揺した知香に詳しいことは訊ねなかったが、あれは釈迦郡に告白されたのだ。

かまをかけると、釈迦郡はあっさり肯定する。

「奪おうなんて人聞きが悪いですよ。僕は正式に告白して、フラれました。それだけです」

「俺への嫌がらせなのか、知香を本気で好きだったのか、どちらだ」

彼の本音を探らないことには、理人の過去は終われなかった。

釈迦郡がふたりの仲を揺さぶらなければ、失われた三年間はなかったかもしれない。

いや、それは言い訳だな……。俺が知香への愛情の示し方を、間違えていたんだ。

恋人との仲がうまくいかなかったのは、自分の責任にほかならない。

釈迦郡に押しつけるのは間違いだとわかっている。

これはただの嫉妬だった。

つまり釈迦郡がどのように答えようとも、理人は嫉妬するほかないのだった。

恋に溺れた男は愚かなものだと自嘲しながら、グラスを傾ける。

一切の動揺を見せない釈迦郡は困ったように微笑んだ。

「今さらそれを聞いてどうするんですか。氷室先生への嫌がらせでしたって言ったら、僕を殴るんですか？」

「そうだな。今さらだ」

「医局員たちも不思議がってましたよ。氷室先生はどうして院長の推薦を蹴ったんだろうってね。どうせ留学するなら院長からの推薦を受けて、令嬢と結婚するほうが断然いいに決まってるじゃないですか」

「俺の勝手だ。それで答えはどうなんだ」

深い嘆息を漏らした釈迦郡だが、さほど呆れているようには見えない。

彼は一息にウイスキーを飲み干した。

グラスに残ったアイスボールが照明に光っている。

「氷室先生の予想どおりです。僕は先生がうらやましかったんです」

財布から札を取り出した釈迦郡は、それをテーブルに置いた。

席を立って出ていく彼が鳴らしたドアベルの音が店内に響く。

窓硝子《ガラス》越しに、店から出てきた釈迦郡を迎える女性の姿が目に入る。

どこかで見たことがある顔だと思ったが、それは院長の娘だった。

院長室で一度きりしか会っていないが間違いない。釈迦郡は丁重に女性をエスコートしている。

「なるほど……。あいつは俺に用意された名声にでも嫉妬していたというわけか」

どうやら理人が蹴ったポストには、釈迦郡が就くようだ。

それでいいと思う。病院にとって理人はいわば反逆者なので、釈迦郡がそれを丸く収めたということだ。

会計を済ませた理人は、バーを出る。

雑多な夜の街を横目にして、すぐにタクシーに乗り込んだ。

運転手に行き先を告げると、思考の海に沈む。

三年の月日は長かった。

知香が突然病院を退職したとき、理人はすぐに彼女のアパートを訪ねた。

だがすでに退去したあとだった。

実家は鈑金業だと聞いていたので、工場の住所を調べて訪問したが、両親から知香はいないと言われた。引っ越し先も教えてもらえなかったが、名刺だけは母親に渡しておいた。スマホの連絡先はもうつながらなかった。

彼女に見限られたのだと理解したとき、大きな喪失感に襲われた。

理人がアメリカ留学と院長の娘との結婚を選択するのだと勘違いした知香は、自ら身を引いたのだ。もしかしたら、理人の態度に呆れたのかもしれない。

だが、病院を辞めることはないのではないか。

同じ病棟の佐久間に事情を訊ねたところ、知香は近頃体調が悪かったという。病気だったのだろうか。だがそれならば、なぜ身を隠すようにするのか。

しかし、もはやそれを確かめる術はなかった。

理人は院長に正式に返事をした。

アメリカ留学と結婚を断ると、院長は引き留めた。理人のアメリカ留学への熱意を院長は知っていたからだ。

推薦してもらえるのはありがたいものの、院長の娘と結婚することはできない。

やはり推薦は断るしかなかった。

だが夢を諦めたわけではない。チャンスは今しかないという運気を信じ、国際学会から推薦を得られた理人は、アメリカ留学を果たした。

医師として最先端の医療技術を学ぶのは、長年の憧れだった。

しかし、留学しても知香を忘れたことはなかった。彼女から借りたハンカチは、ずっと持ち続けていた。

いつか返せる機会が訪れると信じて。

一時帰国した際も、実家を訪ねて彼女の行方をうかがった。

彼女は行方不明というわけではなく、両親には近況を知らせているのだと察せられた。母親は「知香は元気です」とだけ答えてくれた。

彼女を諦めることはできない。

知香は必ず、俺が幸せにする——。

そのためにはまず、彼女と話し合う必要がある。

理人が避けられたのはやはり、信用を失ったからだ。

交際しているときの理人の愛情表現が適切ではないから、知香には伝わっていなかった。あまりにも愛しすぎて欲に溺れていたので、当然のごとく彼女にも愛されていると慢心していた。

再会したら今度こそ、はっきり言おう。

もう一度やり直したい、そして、結婚を望んでいると。

その決意を固めて帰国した理人は、婚約指輪を購入した。

すでに勤務医は退職しているので、開業医に転向するつもりでいた。父親は東京で医院を開業しているが、兄がいるので継ぐ必要はなかった。それゆえ理人は、大学の医学部に入学以来ずっと住んでいるこの地域から、離れるつもりはない。どういう方向性を歩むかは、自分の意思で決められる。

だがアメリカに留学したのは、教授の椅子を獲得するためではない。

それどころか、最先端の技術を学ぶほど、地域医療の重要性が意識された。地域に腰を据えて患者に向き合う。それこそが医師としての自分の使命だと気づいた。

それには専門性を磨くだけでなく、あらゆる疾患に幅広く対応しなければならない。

開院するべく準備を進めていると、幸いにも手頃な物件が見つかった。勤務していた病院からふたつ隣の、天堂市に医院を開業できそうだ。ここは無論、知香の実家がある地域なので、今後を考えれば最高の立地だろう。

車で物件へ向かっていた、そのときだった。

歩道を歩く女性を目の端に捉え、思わず理人はブレーキをかける。

「まさか……知香⁉」

後ろからクラクションを鳴らされたため、路肩に寄る。

振り返ると、知香らしき女性は小さな子どもの手を引いていた。

子ども連れ……人違いか？

一瞬別人かと思ったが、背格好や柔らかい雰囲気から、間違いなく知香だと確信する。彼女は一人娘のはずなので、子どもは姪《めい》ではない。

髪を結ってスカートを穿いている女児は二歳くらいで、知香によく懐いているようだ。まるで本物の親子みたいに見える。

まさか、出産したのか？

はっとした理人は、知香が身を隠すようにいなくなったとき、妊娠していた可能性に思い当たる。

それならば様々なことに合点がいく。

あの女児の年齢から逆算すると、病院を辞めたときには妊娠初期のはず。

「俺の子なんだな……」

声をかけなければと思ったときにはもう、ふたりは路地に入り、姿が見えなくなっていた。

今、彼女たちを追うことを諦めた理人は車を発進させた。

急に声をかけても、逃げられてしまうかもしれない。三年前から、ふたりの時間は止まったままなのだ。あのときからずっと、知香は理人を避け続けている。

それよりもこの近くに住んでいるのなら、また会えるチャンスはある。

ハンドルを操作した理人は双眸を細めた。

なぜ妊娠したことを言ってくれなかったのか。

彼女を愛しているので、妊娠したら無論結婚するつもりだった。その気持ちは今も変わらない。自分が結婚するとしたら、その相手は知香しかいない。

ほかの女性は目に入らなかった。ずっと好きだったのだ。

子どもがいるのなら、責任を取らせてほしかった。ひっそりとひとりで出産することを選ぶなんて、それほど理人を信用できなかったのだろうか。

だがどこまで考えても、ここに知香はいないので、所詮は堂々巡りに過ぎない。

やはり話し合いをする以外に、わかり合う方法はない。

できれば落ち着いた場所で、ふたりきりで話したかった。

実家に戻ってきたのだろうが、訪ねないほうがよいかもしれない。子どもがいるならなおさら、知香はそれを隠そうと理人に会おうとしないだろう。

偶然を装って顔を合わせ、そこから世間話をするという方向はどうだろうか。

そう策略を練った理人は実行に移した。

知香は再会したことに驚きはしたが、子どもの前だからか取り乱したりはしなかった。

そして陽菜に接し、やはり自分の子だと確信を得る。

なぜなら、陽菜は子どもの頃の理人に瓜二《うりふた》つだったからだ。彼女の目鼻立ちは、アルバムの写真に収まっている自分にそっくりである。

卑怯だとは思ったが、どうしても気になった理人は、一緒に遊んでいるとき陽菜に訊ねた。

「陽菜ちゃんは、ママが好き？」

「うん。ママちゅき」

「ママとふたりで住んでいるの？」

「ううん。ばぁばとじぃじ、いるよ」

やはり、父親はいないらしい。

陽菜はまだ、家族というものに「パパ」がいることを知らず、なぜ自分には父親がいないのかという疑問が湧いていないのかもしれない。

知香は娘に、父親のことを話していない。もちろん、実は理人が父親だなんて誰にも打ち明けていないのだろう。もしも両親に話しているのなら、少なくとも認知するのかくらいは相談があってもいいはずだ。

このままにはしておけない。

彼女と結婚して、家族になり、一緒に暮らしたかった。

だが、理人に裏切られた形になっているためか、知香は頑《かたく》なに拒んだ。

これまでのことを振り返っていると、やがてタクシーは目的地に到着する。

料金を支払った理人は車を降りた。

着いたのは自宅のマンションではない。

じきに開業を控えた医院だった。

新興住宅地の近くにある真新しい医院は、ひっそりと暗闇に佇んでいる。看板には『ひむろ心臓外科・内科クリニック』と明記されている。専門の心臓や血管のほか、日常的な怪我や病気のケアまで幅広く対応することを信条とした。

鍵を開けてフロアに入った理人は、照明のスイッチを押す。

パッと明るくなった待合室は、すでに内装が済んでいた。あとは家具や機材を搬入するのみとなっている。勤務する看護師の採用も進めてはいるが、知香はまだ誘っていない。

だが、必ず彼女を囲い込もう。

食事のあと部屋に誘うと、知香は応じてくれた。もちろん理人もいい加減な気持ちで抱いたわけではない。好きだからキスしたかったし、抱きたいと思ったのだ。

三年前と同じ過ちは繰り返さない。

今度は自分の好意を含めた想いをきちんと伝え、ひとりよがりにならないと胸に誓う。それを証明するためにも、彼女と連絡を密にして、ふたりの時間を大切にしよう。

「俺と、結婚してもらう。今度こそきみを幸せにしよう」

低いつぶやきが、静寂に包まれた待合室に溶けて消える。

開院前のフロアには、ずっと明かりが点いていた。

◆

瀟洒なカフェの店内は、女性客で賑わっている。

陽菜は上手に幼児用のフォークに刺したパンケーキを、口を開けて食べた。

頬を膨らませ、もぐもぐと咀嚼《そしゃく》する。

その動作を、向かいの席からじっくりと見つめていた佐久間藍は身震いする。

「あぁ～、カワイイ！　ちっさい子がほっぺたを膨らますのは、たまらないですよね」

「あはは……佐久間さんは子どもが好きだったんだね」

佐久間の感激ぶりに、知香は微苦笑をこぼす。

いつも陽菜の面倒を見ていると、ジュースをこぼしたり、服を汚したりと世話に追われるので、可愛いなんていう感激を忘れてしまいがちだ。

だけど今日は「ママの友達に会うからね」と言ってあったせいか、陽菜はおとなしく席に座っている。知香は安心してハニートーストを食べながら、アイスココアも飲めた。

佐久間と連絡を取り合ったのは、つい最近のことだ。

近況を話すと、子どもが見たいと言われたので、久しぶりに会うことになった。

アイスカフェオレをストローで啜った佐久間は、蕩ける笑みを陽菜に向けながら切々と語る。

「こんな可愛い子だったら産みたいですよ。でもそれには相手が必要ですからね。わたしは未だに彼氏ができないんです。このまま永久に独身だったらどうしよう……」

彼女は現在も神無崎中央総合病院の看護師である。

知香が離職したあとを引き継いでくれたので、とても感謝している。

しかし、今の佐久間の興味は仕事より恋愛のようだった。当時は新人看護師だった佐久間だが、三年が経った今では新人の指導役を引き受けている立場だ。それなのに後輩が次々に結婚と妊娠をしていくので焦っているそうである。

「わたしだけ浮いた話がなにもないな……って思うと絶望します。倉木さんはどうしてるかなと思ったら、いつの間にか出産してるし……どうやったら妊娠出産ができるんですか、彼氏いないって言ってたのにどうしてなんですか、わたしも彼氏がほしいです……」

かなり思い詰めているようで、ぶつぶつと呪文のごとくつぶやいている。

知香が指導していたときも、このような状態があったが、これが佐久間の元来の性格らしい。

「あはは、相変わらずだね……」

当然ながら、知香は妊娠していることを隠して退職したので、佐久間は初めて事情を知ったのである。だが、父親が誰かは明かしていない。知香は誰にも言うつもりはなかった。

ところが佐久間は、ずばりと切り込んでくる。

「わたしの狙いはドクターなんですけど、どうしたらきっかけが作れるんでしょうか。まずは食事に行かないと始まらないですよね。氷室先生とは、どちらから誘ったんですか？」

ぐっと、アイスココアを喉に詰まらせた知香は咳込んでしまう。

誰にも言ってないのに、なぜか佐久間は既定事項のように話している。

知香は慌てて陽菜を見たが、パンケーキに夢中になっているのでこちらに注意が向いていなかった。

テーブル越しに、こそこそと知香は小声で話す。

「ちょっと待って。私はシングルマザーなの。未婚の母なのよ」

「えっ、そうなんですか？　てっきりお相手は、ひむ……H先生だと思ってました。だって、しゃか……S先生っていう雰囲気じゃないですよね」

「そ、そうかな」

知香は頬を引きつらせる。

彼女の配慮でイニシャルになったが、その意味はあるのだろうか。

理人とは親密にしていたわけではなかったはずなのに、いつの間にか恋人のような雰囲気が醸し出されていたのか。

すっかり佐久間にはバレていたので驚きを隠せない。

「H先生はアメリカ留学の推薦と院長先生の娘さんとの結婚を断ったので、あのときは病院中が大騒ぎでした。せっかくのいい話なのに、なにかあるんだろうな～女の影があるのかな～と、わたしは睨んでいました」

きりっと表情を引きしめて報告する佐久間の予想は当たっている。

理人の言ったとおり、彼は最高の条件を提示されたのにそれを断り、あえてほかの伝手《つて》を頼って留学したのだ。

それも、知香のためなのかもしれない。

もはや否定するのは無意味だと悟った知香は、気まずく頷いた。

「慧眼《けいがん》だね……。当時は言えなくてごめんね……」

「それはいいんです。言えなくて当然ですからね。ただ、わたしも好きな人と恋愛して結婚して妊娠出産したいだけなんです。S先生はH先生の後釜で、院長先生の娘さんと結婚するそうですし、もうほかに王子様の候補といったら……あとはめぼしいドクターっていたかな～」

苦悩する佐久間に、陽菜はフォークに刺したパンケーキの一片を差し出した。

「あいちゃん、あーん」

「あーん。……んん、おいしい～！　ありがとう、陽菜ちゃん」

陽菜に食べさせてもらって大喜びする彼女を、微笑ましく見守る。

知香が病院を辞めてから、様々なことがあったのだ。

理人さんは、もしかしてあのときから私と結婚するつもりだったの……？

だから院長の話を断ったのだろうか。当時は妊娠したり、釈迦郡から告白されたりと混乱していて、彼を避けていた。

知香がいないほうが、理人の将来のためだと信じた。

それは今だって変わらない。早く知香のことを諦めて、資産家の令嬢とでも結婚したほうが、彼のためになる。子持ちの女がつきまとっているなんて周囲に知られたら、理人の名声が落ちてしまうだろう。

ぎゅっと、ハンカチを握りしめる。

それは、理人に抱かれたあとに返してもらった、カモミールの刺繍入りのハンカチだった。

ついに知香は、理人に貸したハンカチを三年ぶりに受け取った。

だけどこれで彼との関係が途切れるとは思えなかった。

理人は確信したから返したのかもしれない。

知香の心を、捕まえたと——。

あの夜、理人に抱かれたのは、気の迷いではない。

好きだから、抱かれたかった。

彼の真摯な想いが伝わったからこそ、知香も理人が好きだとあらためて気づかされた。

『今でもきみが好きだ。ずっと会いたかった』

切望する理人の低くてまろやかな声が、まだ耳奥に木霊《こだま》している。

知香はそっと、耳朶の傷に触れた。

彼は何度もここに指先で優しく触れ、舌で舐め上げた。

あの感触を、忘れたくない。

でも、理人の幸せを考えたら、もう会わないほうがいいのかもしれない。

理人は世間体なんて気にしないと言ってくれているけれど、どうしても彼との結婚は躊躇してしまう。今は医院を開業する大切な時期なのに、隠し子がいるなんて噂が広まったら、理人が地域住民の信頼を得られないかもしれない。開業医として成功するためには、知香は元同僚として接しなければならないのだ。

それなのに子連れで結婚なんて、できるわけがない。

世間体だけではない。ふたりの恋愛がやり直せるとは思えなかった。

三年前にうまくいかなかったのだから、やはりまたすれ違いが起きて破局するのではないかという懸念がある。

知香の見聞きした限りでは、復縁して結婚まで辿り着いたという人たちがいないのだ。

つまり破局するのにはなんらかの決定的な原因があり、それは互いの努力だけでは修復できないということではないか。

結婚に辿り着くには、順風満帆に交際が進まなければ、厳しいのかもしれない。知香だって、恋愛でつまずいたのに先に子どもを産んだ。最後に結婚なんて言われても、順番が滅茶苦茶《めちゃくちゃ》だから受け入れがたいと思っている。

好きだけれど、やはり諦めなければならない。

わかっているのに、胸が軋む。

それはやはり、知香がまだ理人を許せないからなのだろうか。

うつむいてアイスココアを飲む知香の隣で、陽菜と佐久間は楽しそうにしていた。

佐久間は一切れのパンケーキにホイップクリームをのせて、陽菜に差し出す。

「陽菜ちゃんも、あーん」

大きく口を開けた陽菜は、パンケーキを頬張る。

もぐもぐと咀嚼しながら「おいちい」と言う陽菜に、知香は目元を緩めた。

我が子の笑顔を守りたい。

陽菜の将来のためにも、母親の知香がしっかりしなければならなかった。

佐久間に再会した数日後——。

スーツをまとった知香は、とある施設から出てきた。

「はぁ……これは落とされたかな……」

近所の介護施設が看護師を募集していたので応募したのだが、面接に挑むと、初めはよかった施設長の反応が、二歳の子どもがいると知った途端に変わったのだ。

もっと年配の方を希望しているとまで言われてしまった。どうやら、子どもが熱を出したなどの理由で欠勤や早退が頻繁に起こると思われたらしい。

陽菜は至って健康体なのだが、保育園にいる以上、感染症に罹患《りかん》しないとは言えない。あらためて、小さな子どもを抱えて働くことの難しさを痛感する。

実はここだけではなく、すでに数件の面接を受けているのだが、いずれも断られていた。

二度の離職経験があることだし、これから陽菜を育てていくためにも、次の職場では長期にわたって働きたいのだけれど、やる気だけが空回りしている。

溜息をついた知香は、自転車に乗って家へ戻った。

あまり遠い医院だと保育園への送迎が難しいし、もとの病院に戻るわけにもいかないので、できれば実家と保育園の周辺で職場を探したいのだが、近所の医院では今のところ募集はない。

だが、普段は通らない路地を走っていたとき。

ふと、知香は真新しい医院らしき建物に目を留める。

「あっ、ここ……もしかして、新しい医院かな」

咄嗟に自転車を停めた。

改装は済んでいるようだが、ひと気がないので開業はこれからみたいだ。

看板に目を向けると『ひむろ心臓外科・内科クリニック』とあった。

どきりと、知香の心臓が脈打つ。

ひむろ——氷室という苗字は、この県では珍しく、知香の知る限りはひとりしかいない。しかも心臓外科が専門の医師のようだ。

まさか、理人さんの医院はここなの——?

開業するとは聞いていたけれど、それが天堂市だとは思わなかったので、知香はひどく驚いた。

彼は東京出身だからここに残る以外の選択肢もあるはずなのに、なぜわざわざ、知香の実家のある市を選んだのか。

だけど、知香のためなんて思うのは自意識過剰かもしれないと思い直した。

彼はこの県の医大を卒業しているので、そのまま地元の大学病院の勤務医となり、地域の開業医になるというルートは充分に考えられる。実家は医師の家系だそうだが、そういった家庭でも親が医院経営とは限らないし、家業を継ぐと決まっているわけでもないようだ。

でも、天堂市には観光で来たことがあるだけって言っていたのに、どうして……。

戸惑った知香は自転車を漕《こ》いで、足早に通り過ぎた。

もしも理人と顔を合わせたりしたら、平然として挨拶する心の余裕がなかったから。

だけど、どきどきと奇妙に高鳴る鼓動は収まらなかった。

理人の医院らしきところから、自転車で二十分ほど漕いだ知香は帰宅した。

ふと工場のシャッター前に、自家用車が停まっているのを目にする。

理人の車ではない。見覚えのあるその車は親戚のものだ。

知香の心が、すうっと冷めていくのを感じる。

よもや理人が訪問するかもなんて、期待していたわけではないけれど。

「ただいま」

「ママ、おかえり」

玄関を開けて帰宅を告げると、陽菜がやってきた。島で暮らしていたときも日中は叔母に預けて仕事をしていたので、母親がいない状況に慣れているため、泣いているということはない。

「ママ、おじたんいる」

居間から伯父《おじ》の話し声が聞こえてきた。

父の兄である伯父は、隣の市に住んでいるので時折訪ねてくる。飛魚島で民宿を営んでいる叔母は、末の妹になる。

なんでもあけすけに言う伯父なので知香は苦手なのだが、無下にもできない。療養を終えた父が来月から工場を稼働させると言っているから、見舞いに来たのだろう。

「そっか。伯父さんに挨拶しないとね」

陽菜の手を引いて、居間に顔を出した。

「こんにちは」

室内には両親と伯父がいて、茶を飲みながら和やかに話している雰囲気だった。

挨拶だけしてすぐに退出したかったが、伯父が手招きするので仕方なく座卓の端に腰を下ろす。陽菜は先ほどまでそうしていたのか、父の膝に座った。

どうやら話題は知香のことだったらしく、伯父は大仰に言う。

「知香ちゃん、前も言ったけどね、子どもだけいて旦那がいないんじゃ苦労するに決まってるだろう。こっちにも戻ってきたんだし、結婚したらいいじゃないか」

まるで責めるような口調に苛立ちを覚えるが、伯父はいつもこのような調子なので、適当に受け流す。

「はぁ……大丈夫です。看護師に復職するつもりなので」

子どもの前ではっきり言ってほしくないものの、陽菜には難しい話らしく、彼女は手にしているぬいぐるみを眺めている。

父は陽菜を抱っこしながら、伯父に反論した。

「旦那はいるんだよ。医者なんだ。――なあ、母さん、認知は取れるんだろ？」

母に目を向けるが、話を振られた母は気まずげに頷く。

認知をどうするかなどは両親と相談したわけではない。それに理人に認知を求めているわけでもなかった。

知香と陽菜の身の上を心配しているゆえなのはわかるが、父はこれまでなにも言わなかったのに、伯父に暴露しているみたいな形に反感が湧く。

医者と聞いた伯父は、驚いたように目を見開いた。

「鈑金屋の娘が医者と結婚できるわけないだろう！　騙されてるんだよ」

勝手なことを言われて、かっとなった知香は立ち上がった。

「彼はそんな人じゃありません！　伯父さんの感想はいりませんから」

唖然として口を開けていた伯父だが、彼の言い分は止まらず、知り合いの娘が結婚詐欺師に騙されたという内容を語り出す。

田舎ゆえに三世帯同居が多く情報が筒抜けのため、親世代の間では、あそこの息子が離婚しただのと、噂話が繰り広げられるのだ。

知香が世間体を気にして理人との結婚を断ったのは、そういった事情もある。

結婚していないのに子どもを連れて戻ってきた、と近所で噂されていると思うと居たたまれないが、近所の人たちから認めてもらうために自分の人生があるわけではないので大きなお世話と思う。でも、そのことが医院の事業収入につながるとなると無視できない。

患者は年配の人が多いので、あそこの医者は奥さんが子どもを連れてきて——なんて、すぐに噂が広まってしまうだろう。

茶の間の話題はすでに、結婚詐欺師がどうのという話に移っている。もとより伯父にわかってもらおうなんてつもりはない。

溜息をついた知香は、陽菜に声をかけた。

「陽菜、おいで」

くまのぬいぐるみを持った陽菜は、さっと立ち上がって知香と手をつなぐ。

ふたりは居間を出て、二階への階段を上った。

自室に入った知香はスーツから私服に着替える。

――鈑金屋の娘が医者と結婚できるわけない。

伯父から言われたことが、じわりと胸を抉った。

そのとおりだろう。三年前に理人と関係を持っていたときから、知香は身分差を感じていた。エリートの彼にとって、自分は結婚対象ではないと。

いくら好きでも、格差があったら結婚なんてできない。

それは知香の思い込みではなく、誰から見てもそのように思うのだ。格差婚で失敗した例も世の中にはたくさんあるのだろう。

つと、陽菜に目を向けると、娘はくまのぬいぐるみで遊んでいた。

陽菜は、理人が医者だと知らないので、先ほどの話が理人のことだとは気づいていないはずだ。伯父の話を蒸し返さないほうがよいだろう。

着替えた知香は、ハンガーに掛けてある入園式用のワンピースに、そっと触れる。

これは陽菜が成長した証であり、知香が妊娠してからこれまで大切に娘を育ててきたという表れだ。

「陽菜、ワンピースに着替えてみようか」

「うん」

購入するときに店舗で試着は済ませているが、もう一度娘の晴れ姿を見ておきたいと思った。

ぬいぐるみにお座りをさせた陽菜は、素直に着替えに応じる。

着ているジャンパースカートを脱がせ、フリルのついた白いブラウスと、グレーのワンピースを着せた。試着したとおり、サイズはぴったりだ。

陽菜は無垢な笑みを見せている。

娘の笑顔を見ていると、胸に感激が広がる。

この子がいてくれて、よかった――。

目頭が熱くなるのをこらえ、知香はスマホを手にする。

「すごく似合ってるよ。写真を撮っておこうか」

「うん」

撮影したばかりの写真を、陽菜に見せる。

スマホの中の自分を娘は指差した。

「これ、ひな」

「そうだね。入園式のときはリボンをつけようね」

スマホをかざしながら、さらさらの陽菜の髪を撫でる。

頷いた陽菜は、じっと写真を見つめていた。


数日後——。

陽菜は無事に入園式を終えた。

グレーのワンピースを着てリボンをつけた陽菜は、ほかの子どもたちと一緒に入場し、きちんと席に座っていられた。

先生に名前を呼ばれて「はい」と答えて立ち上がれたときは、感激のあまり胸が震えた。

式が始まる前に子どもたちは親と離れ、教室で待機していたのだが、そのときに先生から進行について説明されたらしい。友達すらいない陽菜が先生の指示を聞いて、こんなに上手にこなせるなんて予想外だった。

我が子の成長を感じて、知香は拍手を送った。

ほかの親たちも子どもに拍手して、三脚をかまえた父親たちは真剣にビデオカメラを回していた。

両親ともに入園式に参加しているほかの家庭を見た知香は、ちょっぴり切ない気持ちになる。

ひとまず、明日からは陽菜を保育園に預けられる。

入園式の堂々とした成長ぶりなら、安心して看護師の仕事を探せる。

と思いきや、式が終わると、陽菜はすぐさま知香のもとに走ってきた。

ぎゅっと腕にしがみついて、離れようとしない。

どうやらママが傍にいないのを、耐えていただけらしい。

まだ二歳だもんね、これから慣れるよね……。

今日はこれで帰宅になるので、みんなは晴れやかな顔をして続々と帰っている。

知香と陽菜も下駄箱《げたばこ》で靴を履き替えると、玄関の看板前で写真撮影をしてから帰途に就いた。

春の穏やかな陽射しの中を、ふたりは手をつないで歩く。

陽菜が生まれてくれたときも、これからこの子とたくさんの思い出を作っていこうと思った。入園式という節目を迎えて、いよいよ集団生活が始まる第一歩と思うと感慨深い。

「明日から保育園だね」

「うん」

「お友達、たくさんできるかな？」

「うーん」

語尾を伸ばしているだけのような気もするが、自信がないのだろうか。

保育園はどんなところなのか、陽菜はまだよくわからないだろう。

今までは母親や親類がいて、同年代の子どもたちが中心の環境は知らなかったわけなので、いざとなると泣いてしまわないか心配だ。

だけど親の心配をよそに、式を終えた陽菜はけろりとしている。

もう並木道の桜は散りかけていた。

風で舞った桜吹雪が儚く地に降り、道路を薄紅色に染め上げている。

「今年の桜が終わっちゃうね」

「さくら」

復唱した陽菜は小さな手で、桜の花びらをつかまえようとする。

近所の公園を通りかかり、桜の散り具合を眺めた。公園の樹木は葉桜になっている。

そのとき、ぴたりと陽菜は足を止める。

「りひと」

「……えっ？」

聞き慣れない単語を陽菜が口にしたので、一瞬なんのことかわからなかった。

彼女が指差した先を目で追うと、そこにはベンチに座っている理人がいた。

理人さん……！

彼は開院を控えているのだから、この辺りにいても当然だ。先日、近所で見かけた新しい医院の院長なのだろうから。

それはわかっているのに、理人が傍にいると心が揺さぶられてしまう。

「りひとー！」

陽菜が大声で呼んで手を振る。

慌てて止めようとしたけれど、すぐに気づいた理人が振り向いた。

立ち上がった彼は颯爽とこちらに歩いてくる。

「やあ、陽菜ちゃん。おめかししてるね。もしかして今日が入園式だったのかな？」

「うん。ひな、ほいくえんにいくの」

「そうか。俺も陽菜ちゃんの入園式を見届けたかったな」

どきりとした知香は、内心で冷や汗を掻いた。

陽菜にはなにも言っていないので、彼が父親だとは、娘はまだ知らない。それなのに理人は陽菜の父親として接する権利があるかのように話す。そう思ってしまうのは、知香に後ろめたさがあるためだろうか。

ところが陽菜は明るく返事をした。

「りひと、ほいくえんにおむかえきて」

「わかった。お迎えに行くよ」

楽しげに話すふたりに、知香は息を呑む。

明日から登園するので、夕方には保護者が迎えに行かなければならない。それを陽菜は、友人なら誰でも行けるとでも思い込んでいるのだ。しかも理人もすんなりと応じてしまっている。

知香は慌ててふたりを止めた。

「ちょっと待ってください。——陽菜、氷室先生はお医者さんなの。お仕事があるのよ。だから陽菜のお迎えには行けないから、無茶を言ったらダメだよ」

父親じゃないんだから、とは言えなかった。

母親の説得を、陽菜は大きな目を瞬かせて聞いた。

その鳶色の瞳が理人と同じ色をしていることに、心臓が縮む思いがする。

くるりと振り向いて理人を見た陽菜は、笑顔で言う。

「りひと、おいしゃさん？　ママはかんごち。びょういんいくの」

愛しいものを見るように双眸を細めた理人は頷いた。

「陽菜ちゃんはなんでも知ってるな。そのとおり。俺と陽菜ちゃんのママは、同じ病院の医者と看護師だったんだ」

知香は背筋を冷やした。伯父が訪問したときに「旦那は医者」という言葉が出ていたので、陽菜が察知してしまわないか気がかりだった。だけど、陽菜は覚えていなかったようで、ふと公園内に目を向けた。

つないでいた知香の手を離すと、理人にその手を預ける。

「あそぼ！」

陽菜が引っ張っていくので、つと理人がこちらを振り向く。

おめかしをしているのに遊ばせていいのかという問いを察した知香は、頷きを返す。

はしゃいでいる陽菜を見たら仕方ないと思った。

それに、娘が理人と遊びたいと望んでいるのだから、それを遮りたくなかったのだ。

手をつないだふたりは公園へ入っていく。

ふたりの後ろ姿は親子みたいで、しっくりと馴染んでいた。

陽菜は理人を信頼している。彼女はなんらかを感じたのだろうか。知香は、自分の勝手で陽菜から父親を取り上げてしまっているということに心を痛めた。

ブランコを漕ぐ陽菜は無邪気な笑顔を見せている。

後ろで陽菜の背を優しく押している理人は、幸せそうな笑みを浮かべていた。

ふたりを切ない思いで見つめていた知香は、胸に手を当てる。

私の選択は、間違っていたのかな……？

間違えていたとしたら、どこからなのか。陽菜を出産したことに後悔は微塵もない。

もしかしたら、理人を避けなければよかったのかもしれない。

でも、あのときはそうするしかなかった。

ブランコのあとに砂場で遊び始めた陽菜を、理人は傍で見守っている。

陽菜はほかの子と一緒になって、砂遊びに夢中になっていた。

近くに駆け寄った知香は陽菜のブラウスの袖を捲り上げる。

「ブラウスが汚れちゃうけど……まあいいかな」

子どもに服を汚すなというのは無理である。赤ちゃんのときからミルクを吐いてベビー服を汚していたのだから、全部洗えばよいという結論に至った。

袖を捲られても、まったく意に介さない陽菜は黙々と砂遊びを続けている。

ふう、と息をついた知香は、砂場の傍で見守った。

隣に立っている理人が、つと訊ねる。

「もしかして、飛魚島で暮らしていたときも看護師として働いていたのか？」

「……はい。島の診療所に勤めていました。やっぱり、看護師の仕事がしたかったので」

「それじゃあ、次の勤務先はもう決まったのか？」

「まだですけど……」

看護師の就職先を探しているけれど、まだ見つかっていない。

今さらほかの職業へ転職するのは厳しいだろうし、やはり看護師を続けたいという思いがある。

すると、理人は思いがけないことを言った。

「それじゃあ、うちに来たらどうだ」

「……え？」

「この近所にもうすぐ開院するから、看護師を募集している。知香なら、もとから仕事ぶりを知っているから安心だ。ぜひ、うちの医院に来てほしい」

スカウトされて、知香は戸惑う。

就職先を斡旋《あっせん》してもらえるのは助かるが、理人の医院に勤めるなんてことをしたら、ふたりの関係が周囲に知られてしまうのではないか。

理人の将来によい影響を及ぼさないだろう。

伯父のように、噂好きの年配の人たちからこれみよがしに話を振りまかれてしまう。

それらが陽菜の耳にも入り、成長していくうちに彼女の心が傷ついたら困る。

——鈑金屋の娘が医者と結婚できるわけない。

結局、身分違いなのだから、彼の傍にいるべきではない。もうこれ以上、期待を持ちたくなかった。

「あの……私がいたら、理人さんの迷惑になります。だから私たち、もう会わないほうがいいんじゃないでしょうか」

こうして顔を合わせるから、ふたりの関係が続いてしまうのだ。

いっそ会わなければいいのではないか。

そう思ったのに、理人はきつく眉根を寄せる。

「迷惑なんてことはない。知香は、俺と会うのは迷惑なのか？」

「そうじゃないんですけど……このまま会っていたら、陽菜にも、いろいろと言わないといけなくなります」

「陽菜には、俺から説明する。いずれな」

「えっ⁉」

その言葉に、驚いて目を見開く。

彼は子どもに会いに来るだけでなく、父親だと名乗るつもりなのだろうか。

困惑していると、ぽんと知香の肩を軽く叩いた理人は言った。

「安心してくれ。きみと子どもに、俺は責任を持つ」

力強く述べた理人は、澄み切った鳶色の双眸を向ける。

彼の真摯な想いが胸に染み込んでいく。

知香は答えることができなかった。

ただ理人の吸い込まれそうな瞳を見つめていた。


公園から帰ってくるとき、理人は家の近くまで送ってくれた。

陽菜は終始機嫌がよく、理人に「バイバイ」と手を振っていた。

家の敷地に入ると、庭で花壇を作っていた母に陽菜が駆け寄る。

「ばぁば、たらいま」

「おかえりなさい、陽菜。――今、男の人が一緒だったみたいだけど……」

「りひととあそんだ」

知香が答える前に、あっさりと陽菜は言った。

口止めするつもりはないが、まだ理人との関係が曖昧なので、母に説明できることがなかった。

うつむく知香をよそに、母は慎重に聞き返す。

「……もしかして、氷室理人さん？」

「うん。りひと、おいしゃさんなの」

母は黙っていたが、花壇の道具を片付け始めた。

もはや陽菜が真実を知るのは時間の問題だと察したようだった。

知香だって、それはわかっている。

これまで自分が目を背け続けていただけだ。

「……陽菜、着替えようか。砂場でこんなに汚すんだから、もう」

ぎこちなく笑った知香は、陽菜とともに家に入る。

ワンピースを脱がせて、普段着に着替えさせてから、洗面所で汚れたブラウスを洗った。

ボウルに溜めたぬるま湯の中で、袖口を擦る。

「あ……そうだ。ハンカチも洗わないと」

ポケットから取り出したハンカチは、砂のついた陽菜の手を拭いたので、汚れていた。

砂に紛れたカモミールの刺繍に、じっと目を落とす。

そのとき、背後から声がかけられた。

「氷室さんのこと、陽菜は知っているのね」

「お母さん……。違うの。陽菜には、ママの知り合いとしか言ってないから」

ぎゅっとハンカチを握りしめ、言い訳みたいなことを母に説明するのは心苦しかった。

家まで送ってもらうのは申し訳ないので、手前でいいと知香が断ったのだが、母には理人の姿を見られていたのだ。

両親にも心配をかけているのをわかってはいるものの、うまく言えなかった。

「陽菜のために、あなたが父親だとはっきり言ったほうがいいわ」

「だめだよ……。だって、私はひとりで陽菜を育てるって、妊娠したときに決めたんだもの」

「陽菜は、あなただけの子どもじゃないでしょう？　理人さんの子どもでもあるのよ」

そのとおりだった。

初めに決めたことを貫徹するべきというのは、知香のわがままなのだろうか。

母も理人も、陽菜の父親が誰であるか、もうわかっている。

ただ知香が認めていないだけだ。

今さら認められないと頑ななのは、理人の将来のためでもあるけれど、妊娠したときに彼から身を引かなければならなかった、あの苦しみを許せないからかもしれない。

あのときは悲しかった。

理人にはもう二度と会えないのだと絶望した。

出産しても、陽菜が保育園児になっても、あの胸を引き裂かれるかのような苦しさは未だに忘れられない。

それなのに、まだ理人のことが好きだから、なおさら苦しい。

沈黙した知香は、ハンカチとブラウスを洗った。

その日の夜、登園のための準備をしていた知香は一息つく。

夕食を終えてお風呂に入った陽菜は、居間でテレビを見ている。

二階の部屋は、明日から必要になる着替えや、お昼寝用の布団などでいっぱいになっていた。

「ふう……。けっこう荷物が多いかも」

荷物を片付けて、寝るための布団を敷く。

ふと、公園で理人に会ったことを思い出した知香は、スマホを手にした。

最近の入園式や試着したときのものをスワイプして、もう何度も見返した昔の写真に辿り着く。

アフタヌーンティーで撮った、ふたりの思い出は、いつまで経っても色褪《あ》せなかった。

あのときは悩みなんてなかった。

理人とは天敵の関係で、まさかこうなるなんて思ってもみなかった。

写真の中の知香は楽しそうに笑っている。理人の笑顔も眩かった。

思い出に浸っていた、そのとき——。

「りひと、ママのかれち？」

びくっとして振り向くと、陽菜が後ろからスマホを覗き込んでいた。

いつの間に二階に上がってきたのか、まったく気づかなかった。

陽菜にこの写真を見せたことはなかったのだが、男性が理人だとわかったらしい。

それに、まだ小さな陽菜が「彼氏」という単語を使ったのに驚く。

「えっ⁉　陽菜、どこで彼氏なんて言葉を覚えたの？」

「あいちゃんが『かれちほちい』ってゆってた」

「……そうだったね」

佐久間とカフェで話したとき、そういえば「彼氏」という言葉が連発されていた。

パンケーキに夢中になっているかと思ったが、しっかり大人の話を聞いていたらしい。なんでも真似してしまうから、子どもの前では発言に気をつけないといけない。

「陽菜……彼氏って、なにか知ってる？」

「ちゅきなひと。あいちゃんゆってたよ」

娘は意味もわかっている。佐久間が言わなくても、いずれは察するのだろう。

もう陽菜は、理人がママの特別な人だと知っているのだ。

理人は陽菜の父親で、知香の好きな人だ。

陽菜に言われて、あらためて明瞭になった。

これまでは過去に固執するあまり、そんな簡単なことに気づけていなかった。

スマホを置いた知香は、ぎゅっと娘を抱きしめる。

「理人さんは……ママの大好きな人なの」

「だいちゅき？」

「そう。とっても大好きで、大切な人だよ」

口にすると想いが溢れてしまい、眦から涙がこぼれる。

もう泣かないと決めたはずだったのに、胸が衝かれた。

それほどに理人のことが好きなのだと、自覚した。

「ひなも、ママだいちゅき」

「うん、うん……」

身を震わせる知香を、ふと陽菜は見る。

「ママ、いたいの？」

痛くて泣いているのかと、娘は心配しているのだ。

知香はいっそう陽菜を抱きしめて、首を横に振る。

「ううん……。痛くないよ」

「ママ、ないてる。いたいのいたいの、とんでけ〜」

陽菜が転んだときに唱える言葉を言われ、娘の気遣いが嬉しくてまた涙がこぼれる。

知香はこれまでの強張っていた心がほどけるのを感じた。

小さな娘の愛しい体を、ずっと抱きしめ続けていた。

入園式から一か月が経過した。

初日の登園ではママと離れるときに号泣していた陽菜だったけれど、日が経つと次第に慣れてきて、笑顔が見られるようになった。

それは陽菜だけではなく、ほかの子も同じで、新緑の頃に号泣の大合唱は収まった。

相変わらず就職先は見つからなかったけれど、知香は娘が元気に登園できているので一安心していた。

今日は初めての保育参観なので、知香は昼過ぎから園へ向かった。

子どもが普段どのように過ごしているか知ることができる貴重な機会のため、楽しみな反面、不安もある。

陽菜は緊張して泣いたりしないかな……大丈夫かな……。

心配しつつ玄関に入ると、ほかの保護者たちも続々と集まっていた。

知香の服装は、ブラウスにマーメイドスカートを合わせた少しドレッシーなものだ。

この組み合わせは理人と食事をしたときと同じだけれど、あまりにもカジュアルな服で行くのはどうかと思うし、かといって就職活動用のスーツでは硬すぎるかもと悩んだ末に、この服を選んだ。

周りを見回すと、そんなに浮いていないようなので、ほっとする。

フロアには各教室から賑やかな声が届いていた。年長さんは来年から小学生だから、みんな椅子にきちんと座っている姿が見られる。陽菜のクラスは年少のたんぽぽ組だ。

教室に入ると、室内の壁際に立つ親を気にする子どもたちが、そわそわしていた。

みんな、自分の親が来ているか確認したいし、お迎えでもないのに教室内に親がいることが非日常なので驚きがあるのだ。

さっそく陽菜の姿を見つけた知香は、軽く手を振る。

陽菜も漏れなく、ほかの子と同じようにきょろきょろしていたが、母親を目にして嬉しそうな笑みを浮かべている。参観日なので新しいトップスとスカートを着せて登園したけれど、よく似合っていた。

やがて時間になると、担任の先生が集まった保護者に声をかける。

「皆様お集まりになりましたので、それでは保育参観を始めさせていただきますね。

——はい、みなさ～ん、先生のところに集まってください」

そう声かけされると、子どもたちは一斉に先生のもとへ集まり、床にお座りをする。

もちろん陽菜もほかの子たちとともに座り、ひたむきに先生を見つめていた。

「今日はおうちの方が来ているので、みんなは気になると思います。でも、いつもみんなが保育園で頑張っているところを、おうちの方に見てもらえるよう、頑張りましょう」

ゆっくりと大きな声で話す先生の言葉を、子どもたちはしっかり聞いている。

その姿勢を見ただけで、知香の涙腺が緩んでしまう。

すごい、先生のお話をきちんと聞けるんだ……。

家では祖父母からお姫様扱いされて悠々と過ごしているため、保育園ではどうなのかなと不安だったが、娘の成長を感じて感激する。

先生のお話が終わると、体操を披露することになった。

軽快な音楽が鳴らされ、先生の動きを手本にして子どもたちが体を動かす。

まだ年少のため、男子は恥ずかしがって棒立ちになっているものの、女子は上手に踊れるという結果を目の当たりにする。陽菜も一生懸命に体を動かしていて、曲が終わると見学していた保護者たちは大きな拍手を送った。

そのあとは教室に机と椅子を運び、親子で工作をすることになった。

保護者が我が子の隣に腰かけ、ともに画用紙にシールを貼っていく。

なんだか童心に返ったみたいで、動物や草花のシールを眺めているだけで心が弾んだ。

陽菜は小さな指で剥がしたくまのシールを、白い画用紙にペタリと貼った。

「陽菜、ママはチョウチョを貼るね」

「ねえ、ママ」

「ん、なに？」

「りひと、こないの？」

蝶のシールを指先に取った知香の呼吸が止まる。

フッと我に返ると、教室の賑わいがよみがえった。

陽菜は大きな鳶色の目をこちらに向けて、知香の返事を待っていた。

「えっ……どうして……」

「きてって、ゆったよ」

そういえば以前公園で会ったとき、陽菜が無邪気に「お迎えに来て」と理人に言っていた。おそらくあのことを指しているのだと思うが、まるで「父親なのにどうして来ないの？」とでも言われているような気がして、知香の心が竦む。

周りは父親と母親のふたりが参観に来ている家庭も多い。

後ろめたい気持ちになりながら、目を伏せた知香は蝶のシールを貼った。

「理人さんはお医者さんだから、お仕事があるって言ったでしょう？　だから……」

来てくれないんだよ、一生――。

そう続けそうになり、鼻の奥がつんとして、涙がこぼれそうになる。

知香は奥歯を食いしばって、泣きそうになるのをこらえた。

どうして陽菜に本当のことを言えないんだろう。

陽菜の父親が、理人さんなんだよ――。

そう言いたかった。

理人のためにここまで隠し通してきたのに、それは間違いだったのだろうか。娘のためにはならなかったのか。

嗚咽《おえつ》をこらえるため口元を押さえていた、そのとき。

つと戸口に目を向けた陽菜が華やいだ声を上げる。

「りひとー!」

「……えっ」

はっとした知香が顔を上げると、端麗な笑みを浮かべた理人がいた。

彼はポロシャツにスラックスというシンプルな格好だが、スタイルがよくて気品に溢れているため、とても目立つ。

理人さん、どうして……?

知香は息を呑む。理人に気づいた母親たちは、端麗な容貌の彼に目を瞠《みは》っていた。あとから入室したため、担任の先生がすぐに理人へ問いかける。

「どなた様でしょうか？」

「こんにちは。倉木陽菜の父親です」

爽やかに挨拶をした理人に、頷いた先生は「どうぞ」と見学を促す。母親たちは驚いた顔をした。

「えっ……陽菜ちゃんのお父さん？」

「もしかして、新しい医院の先生じゃありません？」

「あっ、氷室先生ですよね。この間、診てもらったんですよ」

理人が医師だとわかり、もてはやされてしまう。

まだ理人には打ち明けていないのに、父親だと名乗るなんて、どうしてだろう。なぜ保育参観に来てくれたのだろう。

疑問はあるけれど、嬉しかった。

知香の心に欠けていたピースが収められた気がした。

まっすぐにこちらへやってきた理人は、陽菜の隣に腰を屈める。まるで子どもを挟み、ママとパパが座るかのように。

「お待たせ。ちょっと仕事があって遅れたけど、間に合ってよかった」

知香はゆるゆると頷く。

胸がいっぱいで話せなかった。それに、参観する予定だった父親が遅れて到着したという状況になっているので、ひとまずそういうことにしておきたいと思った。

「りひと、ちーるはって」

名前で呼んだ陽菜は、理人にシールを渡す。

「パパ」ではないことに、母親たちは小首を傾げていた。それに、理人とは苗字が異なっているのだ。

シールを手にした理人は、空いたほうの手で陽菜の頭を優しく撫でる。

「まだパパだって認めてくれないんだよな。ずっとアメリカに行ってたパパが悪かった」

そういった事情があるのだと理解した保護者たちは、微笑ましくふたりを見ていた。

彼がアメリカ留学したことを謝る必要なんてないのに、知香と陽菜を放っておいたのは自分の責任だと思っているのだ。

娘と楽しそうにシールを貼っている理人を見て、知香はようやくわかった。

理人は、知香と陽菜を放っておいて、幸せになることはできないのだ。

彼は世間体なんて気にしない。陽菜の父親は自分だと、堂々と名乗ってくれた。

私たち、もう、家族だったんだ……。

陽菜の父親は、理人しかいない。

そして知香が結婚するとしたら、やはりその相手は理人しかいなかった。

彼の将来のためだとか、過去のしがらみを気にしていたけれど、それは知香だけのこだわりだった。仲良くする理人と娘を、引き離すことなんてできない。

もう、許そう。

私なんて、理人さんにふさわしくない――という卑屈な思いを抱え続けて、彼と別れた過去を許したい。

耳の傷跡のコンプレックスを解消してくれたのは、理人だった。

そしてまた今度も、理人が知香の心に根付くしがらみをほどいてくれた。

たとえ世間になんと言われようとも、彼となら大丈夫だと思える。

理人と陽菜のために、前へ歩き出したかった。

右耳の傷跡にそっと触れた知香は、陽菜の向こうに屈んでいる理人に伝える。

「来てくれてありがとう……理人さん」

「約束だからな」

「あれ、でも、陽菜と約束したのはお迎えじゃないんですか？」

微苦笑をこぼした理人は、鳶色の双眸を細める。

「きみを必ず迎えに行くという約束だ。三年前に、俺が心に決めたんだ」

「……そうだったんですね。まったく知りませんでした」

「言ってないからな」

知香から連絡を絶ったので言えるタイミングがなかったのだろうけれど、さらりとそんなことを言う理人に、知香の顔にも微苦笑が浮かぶ。

なんだか天敵だったあの頃が戻ってきたような気がした。

「今度は報告してください。迅速に報告しろというのは、氷室先生が普段から言っていることですから」

「そのとおりだ。——なんだか仕事みたいだな」

ふたりで笑い合うと、陽菜も笑顔を浮かべた。

理人は、知香を必ず迎えに行くという強い思いが三年前からあったのだ。

その気持ちに応えようと素直に思う。

やがて画用紙には、色とりどりのシールがいっぱいに貼られた。

保育参観を終えると、子どもを預けない家庭はそのまま帰宅の流れになる。教室から鞄《かばん》を持ってくると、理人はすでに陽菜の靴を履かせていた。

三人は保育園を出て、帰途に就く。

自然に理人と知香の間に陽菜がいるという位置になった。

ふと横にいる理人を見やると、彼は優しい微笑を浮かべていた。

「ようやく開院に至ったよ。今日が保育参観だと、この園に子どもを通わせている看護師が話していたから、ぜひ行こうと思って来てみたんだ」

理人の穏やかな顔つきは、知香が思い描いていた理想の父親のようだった。

ぽつりと知香は言った。

「理人さん……。陽菜の父親は、あなたなんです」

ずっと頑なにこだわっていたものは、ほろりと溶けていた。

意外なことを聞いたかのように目を瞬かせた理人は、すぐに笑みを見せる。

「知ってるよ。でも、ようやく認めてくれたんだな」

「私は、ずっと認められませんでした。陽菜には私しかいないって、気を張っていたんです」

「俺が悪かった。きみを愛している。これからは家族で一緒に暮らそう」

まっすぐな彼の想いを告げられて、知香は頷く。

すれ違いがふたりを隔てたけれど、愛情はずっと続いていた。

知香はようやく悲しい過去と、そして自分のコンプレックスのすべてを許すことができた。

理人を許せないのではなかった。彼が知香を裏切ったことなど、一度もない。

彼の愛を受け入れていい。もう偽らなくてもいい。

自分の正直な想いを、まっすぐに伝えてもいいのだ。

「私も、理人さんと一緒に暮らしたいです」

「それじゃあ、俺と結婚してくれるね？　今度こそ、きみを子どもごと幸せにする」

「はい……。私と、結婚してください」

三年経った今、プロポーズを受けて感激が胸に染みる。

今さらかもしれない。だけど、これから幸せをひとつひとつ積み上げていけばいいのだと思えた。

「それじゃあ、婚約指輪を受け取ってくれ」

一度は受け取るのを断った婚約指輪を、理人は懐から取り出す。

藍色の箱を開けると、そこには大粒のダイヤモンドが輝いていた。

「いつも持ってるんですか……」

準備のよい理人に、知香は微苦笑をこぼす。

再会したときに刺繍入りのハンカチを持っていたことといい、彼はいつも知香にまつわる物を持ち歩いているのだろうか。

それだけ彼の心を自分が捕らえていたのかと思うと、面映ゆくなる。

「きみが受け取ってくれるまで、ずっと俺の胸にあるんだ」

「理人さん……」

それは、理人の想いを受け取るまでという意味なのかもしれない。

彼は煌めくダイヤモンドリングを、知香の左手の薬指に嵌めた。

永遠の愛を表すダイヤモンドは、きらりと夕陽に輝く。

幸せだった。好きな人と結婚できる運命があったなんて、今まで信じられなかった。

だけど理人は知香を変わらず愛していてくれたのだ。

ふたりの間でじっと見つめている陽菜に、知香は話した。

「理人さんは、陽菜のパパなんだよ」

「うん」

やっと打ち明けることができたのだが、陽菜はなんの疑問もなく素直に頷く。

もはや娘はわかっていたのだろう。

理人は身を屈めると、陽菜と目を合わせた。

「パパはアメリカに行ってたから、ずっとママと陽菜に会えなかった。でもこれからは、みんなで一緒に暮らせるんだ」

「うん。……パパ」

その言葉に理人は笑みをこぼした。

娘のたったひとつの言葉に、知香は幸せを感じる。

三人の長い影が、赤々とした夕陽のもとに、まっすぐ伸びている。

両手を上げた陽菜は、ふたりと手をつなぐ。

いつかは好きな人と結婚して、子どもを授かりたいという夢があった。

その夢は年月を経て、ついに叶えられた。

理人の深い愛情が頑なだった知香の心を溶かした。ダイヤモンドが永遠に輝きを放つように、この愛は消えてなくなることはない。

三年の時を経て恋心を成就させたふたりは、娘の手を引いて、夕暮れの道を歩いていった。

番外編　チャペルでの愛の誓い

真新しい待合室には清浄な空気が流れている。

今日も『ひむろ心臓外科・内科クリニック』には多くの患者が来院していた。

待合室に顔を出した知香は、次に診察の順番が控えた患者を呼ぶ。

「金井さん、中待合室でお待ちください」

名前を呼ばれた金井は「はいはい」と返事をすると、ふくよかな体を揺らして立ち上がる。

彼は昔、神無崎中央総合病院に勤めていたときの入院患者で、それ以来の再会だ。

おそらく理人の独立を知り、こちらの医院を訪ねてきたと思われる。

微笑を浮かべた知香は、診察室へ戻る。

近所の人々が来院してくれるのは、とてもありがたいことだ。理人は腕がよい医師だと評判になっている。

理人のプロポーズを受けた知香は、彼と結婚することになった。

それから少し経ったけれど、その間に生活はめまぐるしく変化した。

理人は知香の実家に結婚の挨拶をするために訪れて、知香と結婚させてほしいと両親に願い出た。それに加え、陽菜は自分の子であると話し、アメリカ留学のために家族を犠牲にしてしまい、結婚が遅れたことを詫《わ》びた。

彼が悪いわけではないのに、まるですべての非が自分にあるかのような言い分に、知香は申し訳なく思った。

もちろん両親から反対されることはなく、父と母はともに結婚に賛成してくれた。

陽菜はすでに理人が父親だとわかっているので「これからはパパと一緒に暮らすんだよ」と話したら、「ちってるよ」と言われ、みんなで大笑いした。

そのあとすぐ理人とふたりで、陽菜の認知届を提出した。これにより、陽菜の父親は理人であるという親子関係が成立する。このあとも、婚姻届や入籍届を出すことになる。

知香は陽菜とともに、理人のマンションへ引っ越しを済ませ、ようやく同居に至った。それと同時に理人の医院に看護師として勤め始めたので、新しい環境に馴染むべく奮闘していたら、瞬く間に時が過ぎ去ってしまった。

怒濤《どとう》の日々を思い出しながら、カルテを取り出し、裏手から診察室に入る。

室内では穏やかな笑みを浮かべている理人が患者に対応している。

「では薬を出しておきます。二週間くらい薬を飲んでみて、まだ痛みがあるようでしたら、また来てください」

「わかりました。ありがとうございました」

礼をした患者は退出した。

デスクでカルテに記入していた理人は、つとこちらを見て、微笑みを浮かべる。

知香は微笑みを返すと、手にしている金井のカルテを差し出す。

「どうぞ。次の患者さんのカルテです」

「ありがとう」

理人の医院で働けて、毎日が充実していた。

まだふたりの婚姻届は提出していないため、知香は倉木姓のままだが、理人は職場のスタッフに近々知香と結婚する予定だと明かしている。

堂々と彼の婚約者という身分でいられるなんて、この上ない幸福だった。

あらためて、心を悩ませていた昔とは違うのだということを実感する。

それは理人が知香を思いやってくれているのを表していた。すれ違って別れた昔のようには、もうならないと、彼は証明したのだ。

その想いに応えて、これからはずっと彼の傍にいて支えていこうと気持ちを新たにする。

　ドアを開けた知香は中待合室で座っている金井に声をかけた。

「金井さん、どうぞ」

「あれっ、やっぱりそうだ。看護師の倉木さんだよね？」

　知香の顔を見た金井が嬉しそうに言った。

「お久しぶりですね。さあ、どうぞ」

　こうして医療に携わることができて、知香は幸せだった。


　やがて夕方になり、診察時間を終える。

　理人はまだ医院に残って業務を続けるのだが、陽菜の迎えがあるため、知香はいつも先に帰っている。

　車を運転した知香は保育園へやってきた。

　これまで自分の車は持っていなかったペーパードライバーだったのだけれど、陽菜の送迎があるので、暗くなってから自転車は危ないと理人に言われて購入した。

　購入する際に理人が堂々と自分のカードを出そうとするので慌てて止め、知香は自分の名義でローンを組んだのである。

玄関から見える各教室には照明が点り、静けさが漂っている。お迎えを待っている子どもたちが少なくなっているのがわかった。

「こんばんは。倉木陽菜の母です」

挨拶をして、たんぽぽ組の教室に入ると、ブロックで遊んでいた子どもたちは一斉に知香のほうを見た。みんな、お迎えを心待ちにしているのだ。

素早く立ち上がった陽菜は一目散に自分のロッカーへと走り、鞄を手にする。先生に「さようなら」と挨拶をして教室を出る。玄関で陽菜に靴を履かせながら、知香は訊ねた。

「今日は保育園でどうだった？」

「ん。おいちい」

「美味しかったの？　給食のおやつはなんだった？」

「いんこ」

「……りんご、かな」

まだ舌足らずなので「インコ」になってしまう。

インコが美味しかったら大変だなと微苦笑しながら、知香は娘とともに車に乗り込んだ。

スーパーで買い物をしてマンションに帰宅する。

引っ越してきたときはマンションの生活に戸惑うこともあったけれど、今ではすっかり慣れた。

陽菜はリビングのテレビで、日課となっている幼児向け番組をさっそく見る。

彼女が集中している間に、知香は夕食の支度をするため、エプロンをつけてキッチンに立つ。

「鶏肉《とりにく》にキャベツ、プチトマト……それに豆腐と、陽菜のジュース……」

陽菜と買い物に行くと、ねだられてジュースやお菓子を買うことになってしまうのだが、これを回避する方法は未だに編み出せていない。とはいえ「一個ね」と言って買ってあげるのもまた、母親になれた喜びを噛みしめられる機会なので強く断れないのだが。

ジュースは冷蔵庫にしまい、メインである鶏肉の照り焼きを作るべく調理を始める。

等分に切った鶏肉をフライパンで焼き、たれを投入して照りをつける。

同時に味噌汁《みそしる》も作るため、沸騰した鍋にワカメと豆腐を入れて味噌を溶く。

ごはんは炊飯ジャーにセットしているので、すでに炊けている。

そろそろ出来上がるという頃、玄関先から物音がした。理人が帰宅したのだ。

「ただいま」

「パパ、おかえり」

「ママは？」

「おりょうり」

先にリビングに顔を出した理人が、陽菜と話している。

いつものふたりの挨拶に、この上ない幸せを感じて、心が温まる。

なんでもないようなことだけれど、ふとした日常に幸福があった。家族がいてくれてこその幸せを身に染みて感じる。

理人を出迎えようと、コンロの火を止める。

キッチンから顔を出した知香は「おかえり……」と言いかけて、はっとなる。

眼前に真紅の薔薇《ばら》が現れて、息を呑む。

びっくりして身を引くと、薔薇の花束を手にした理人が立っていた。

「おめでとう、知香」

彼は恭しく花束を差し出す。

目を瞬かせた知香は、今日はなんの記念日なのか記憶を辿った。

「えっと……今日は私の誕生日じゃないですけど……なにかありました？」

「知香が俺のプロポーズを受けてくれて二か月の記念日だ」

「あっ……そうだったんですね」

もう二か月も経っていたなんて気づかなかった。引っ越しや医院の仕事を始めて忙しかったのもある。

だけど理人は、ふたりの記念日を大切に思っていてくれたのだ。

知香は差し出された花束を受け取った。薔薇の華やかな香りに包まれる。

「ありがとうございます。すっかり忘れてました」

「まだ婚姻届を提出していないからな。また逃げられたら困る。こうして記念日をお祝いしたら知香が喜んでくれるかなと思ってね」

「もう逃げませんから。それに婚姻届は挙式の日に提出しようって決めたじゃないですか」

せっかくだから結婚式を挙げようと理人が言ってくれたので、その日に婚姻届を出す予定だ。

知香としては、もう子どもがいるのに今さら結婚式を挙げるなんて恥ずかしいのだけれど、ウェディングドレスを着てみたいなという気持ちがあるので承諾した。それに好きな人と結婚できるのだから、思い出に残る記念日にしたい。

結婚式の予定日は来月なので、もうすぐだった。

微苦笑をこぼした理人は長い腕を回し、花束ごと知香を優しく抱き込む。

「そうなんだけどね。——好きだよ」

理人は少し腕の力を緩めると、知香の顔を覗き込む。

惹かれ合ったふたりは、くちづけを交わした。

彼とのキスは甘くて優しく、極上の味わいがする。

チュッ、と下唇を食まれたとき、はっとした知香は顔を離す。

「あっ……そろそろ夕ごはんにしましょう。もう少しで出来上がるところなんです」

「そうか。じゃあ……またあとにしよう」

「え、なにをですか？」

首を傾げると、キッチンに入った理人が食器棚から皿を取り出す。理人は多忙にもかかわらず家事を知香に任せることはなく、分担してくれていた。

「なにをって、キスとセックスだよ」

はっきり言う理人に頬を引きつらせる。

思わず知香は、リビングにいる陽菜の様子をうかがった。まだ番組は終わっていないので、陽菜はテレビの前から動いていない。

「理人さん……。陽菜に聞こえるから、そういう発言は慎んでくださいね」

「あー……そうだな。それじゃあ、ふたりきりのときだけにしよう」

「言うのはやめないんですね……」

「もちろん」

苦笑いした知香は用意した花瓶に薔薇を活けると、夕食の仕上げをする。

やがて食卓には、三人分の夕食が並べられた。

艶《つや》めいている鶏肉の照り焼きには、千切りのキャベツと赤々としたプチトマトが添えられている。それに、ごはんと味噌汁、大根のお新香もある。

陽菜の席には、先ほど買ったジュースのパックが置いてある。

いつもの平穏な夕食の時間が始まる。

これがずっと求めていた幸福の形だと、知香は感じた。


晴れた空に白練の雲が棚引く、とある日――。

本日は、ふたりの挙式が行われる。

理人と知香は役所へ赴き、届を提出した。

ついにふたりは正式な夫婦になったのだ。そしてもちろん陽菜は法的にもふたりの子どもとなる。

真摯な双眸をこちらに向けた理人は、知香の手をぎゅっと両手で握りしめる。

「俺は知香を愛している。生涯をかけて、きみと陽菜を守ると誓う」

彼の気迫を感じた知香は目を見開く。

もう何度も理人から想いは告げられていて、彼の愛情を充分に感じているのだけれど、結婚するにあたり、あらためて告白してもらえて嬉しかった。

彼が真剣に知香と人生をともにしたいという想いがわかったから。

だから知香も自分の気持ちをまっすぐに伝えようと思った。

「私も、理人さんを愛しています。だからあなたの傍に、ずっといさせてください」

「もちろんだ。ありがとう、知香」

届が受理されると、ふたりは車に乗って式場へ向かった。

緊張した知香の胸は、どきどきと今から高鳴っていた。

式場へ到着すると、先に陽菜は両親に預けていたので、ピンクのドレスに着替えて待っていた。ふたりはそれぞれの支度をするため、控え室に入る。

純白のウェディングドレスに着替えると、挙式するという実感が湧いた。

スタイリストの手により、美しく髪を結い上げた知香は、鏡の中の変身した自分に目を瞠る。

私、理人さんの花嫁になれるんだ……。

その感慨が胸に染みて、眦から涙が溢れそうになる。

でも、まだ式が始まってもいないのに泣いてはいけない。

懸命にこらえ、華やかなブーケを手にしてチャペルへ向かう。

父とともにバージンロードを歩くと、厳かなオルガンが鳴り響く。

新婦の入場に、賓客は盛大な拍手で出迎えた。

席にはおめかしをした陽菜と、ふたりの両親や親戚がいた。招待している佐久間や友人たちも来ている。

バージンロードの半ばで、タキシードをまとった理人は花嫁の到着を待っていた。

穏やかな笑みを浮かべた彼が恭しく手を差し出す。

ウェディンググローブを嵌めた自らの手をのせ、ふたりは結婚の誓いを交わすために神父の前に立つ。

「健やかなるときも、病めるときも、喜びのときも、悲しみのときも、これを愛し、敬い、助け、その命ある限り真心を尽くすことを誓いますか」

「誓います」

理人は明瞭に言い切った。続いて知香も誓いの言葉を口にする。

「誓います」

この日を迎えるまで、数々の苦難がふたりにはあった。

だけどその喜びも悲しみもすべてを共有し、これからも乗り越えていけるという想いがある。

だからこそ、はっきりと誓うことができた。

誓いの言葉のあとは、結婚指輪を交換する。

理人は丁寧に知香の薬指にプラチナリングを嵌めた。知香も同じように、彼の左手の薬指に指輪を嵌める。

光り輝くプラチナリングに、永遠の愛を感じる。

大好きな理人と結婚できた喜びが溢れてしまい、ついに知香の目から涙がこぼれ落ちる。

その雫《しずく》をそっと指先で拭った理人は、微笑みかけた。

「そういえば、まだきみに内緒にしていたことがあった」

「えっ、なんですか?」

「初めてキスしたとき、俺の秘密がなにかっていう話をしただろう？」

そういえば昔、アフタヌーンティーのときに理人から告白され、その流れで、理人がなんらかの秘密を抱えているという話をした。あれが関係を持つきっかけになったと言っても過言ではない。知香はそれを、強引だからプチサディストと称したのを思い出す。

「そんなこともありましたね。それがどうしたんですか？」

「あれは実は、出会ったときからきみが好きだったということなんだ。それが本当の秘密だよ」

秘密の真実を知り、知香は目を見開く。

まさか、そんなに前から理人に惚《ほ》れられていたとは露知らずにいた。

「……そうだったんですね。じゃあ、私が手術したときからってことですか」

「そうなるな。やっと手に入れたよ」

理人はそんなにも前から、知香のことが好きだったのだ。

天敵のように舌戦を交わしていたときは、まったく彼の気持ちに気づかなかった。

様々なすれ違いが隔てたけれど、ふたりはこうして結婚に至ることができた。

理人は真摯な鳶色の双眸を向ける。

「愛してるよ。これからは、ずっと一緒だ」

「私も……理人さんを愛しています。一生、あなたの傍にいます」

何度でも想いを伝え合おう。そのたびにふたりの絆《きずな》は強くなっていく。

愛の言葉は壮麗なチャペルに溶け込んでいく。

ふたりは甘いくちづけを交わした。

あとがき

こんにちは、沖田弥子《おきたやこ》です。『「きみを諦めることはできない」と天敵エリート心臓外科医が執着溺愛してきます～身を引いてママになったのに、注がれる熱情に抗えません～』をお手にとってくださり、ありがとうございます。

今回は天敵関係から恋が始まるドクターと看護師ということで、院内でのエピソードがけっこうありました。実は私はこれまでに開腹《かいふく》及び腹腔鏡《ふくくうきょう》手術を受けた経験が五回あります。今は元気になりましたが、そういった経験をもとに執筆しました。

また、作中に登場する「飛魚島」は、山形県の飛島《とびしま》をモデルにしています。渡り鳥が訪れるスポットとして有名なのでご存じの方もいらっしゃると思います。

最後になりましたが、本作品の書籍化にあたりお世話になった方々に深く感謝を申し上げます。麗しいイラストを描いてくださった堀越有紗《ほりこしありさ》先生、ありがとうございました。そして読者様に心よりの感謝を捧げます。

願わくは、皆様が愛する人と暮らせますように。

沖田弥子

マーマレード文庫

「きみを諦めることはできない」と天敵エリート心臓外科医が執着溺愛してきます
〜身を引いてママになったのに、注がれる熱情に抗えません〜

2025年2月15日　第1刷発行　定価はカバーに表示してあります

著者　沖田弥子　©YAKO OKITA 2025
発行人　鈴木幸辰
発行所　株式会社ハーパーコリンズ・ジャパン
東京都千代田区大手町1-5-1
電話　04-2951-2000（注文）
0570-008091（読者サービス係）
印刷・製本　中央精版印刷株式会社

Printed in Japan ©K.K. HarperCollins Japan 2025
ISBN-978-4-596-72491-5

m a r m a l a d e b u n k o